J A M E S
M c N E I S H

創傷迷宮

THE CRIME OF HUEY DUNSTAN

詹姆斯・麥克奈許——著
吳宗璘——譯

A NOVEL

春天出版
Spring Publishing

謹以本書獻給博納德·布朗

沉睡者安靜無語。

——伊瑟·薩拉曼

第一部

1

話說從頭，或者，從尾開始比較恰當，要不是休．唐斯頓（或者休伊）的案子急轉直下，我應該早就在希臘或是印度享受著我的退休之旅，而不是在記憶中拼湊這個故事，這個謎題，這個——乾脆我直接引用承審法官的說法——「無可言說的罪行」。就法官的觀點來看，故事的起點是一個揮舞著撥火棒的年輕人，但對我而言，故事卻只是從一場夢開始而已，我夢到休伊的爸爸冒雨來找我，向我伸手。

這個夢境一再出現，有時候，他現身在毛利人的會所，或是其他公共場所，有時候，他也會直接站在位於康福德的勞倫斯事務所外頭，夢境各不相同，但大雨場景總是一成不變，夢的結尾也是如此：他伸出如猴爪、小紀念物、護身符一般的手，就這麼簡單。不過，我很喜歡的一位作家，約瑟夫．康拉德，想必會大力反對我的說法，他不相信夢境，他說，哪有這麼簡單的事情，他認為真相躲在繁花枝葉之中，剝得越多，越難以參透關鍵，最後一切只剩下矛盾。

所以該說它是夢境還是矛盾？

大約是十五年前，我第一次見到休伊，夢境自此就開始出現了，我是對夢深信不疑的人，它不但可以告訴你過往，也能為你預卜未來。我太太莉茲貝絲常說我很迷信，對於大多數的盲人來說，也確是實情。我是專業的心理學家，約瑟夫·康拉德也說過，絕對不可能完全摸清另外一個人的底細，我當然相信。但是我也相信，也許某些人天賦異稟，能夠透過夢境的力量、深入別人的內心世界，甚至，遠超過我們對自己的了解。有人告訴我，在康拉德擔任船長的時候，曾經從雪梨出發，造訪過紐西蘭，我和他都對英語有一股熱情，但他也跟我一樣，必須要與自己的語言能力奮戰，雖然英語是我的母語，而且我也喜歡寫作，但是寫作對我來說，困難重重，這，又是另外一個矛盾了。

因為眼盲，所以我是以口述方式寫東西，講出口，寫下來，我也喜歡講話。在我四十多歲的時候，我已經失去了中心視力，自此之後，我就開始以口述的方式整理思緒，幾乎悠悠又過了一個四十年，其實這也算不上是什麼真正的障礙，我依然繼續上路旅行，我去過波蘭，這又讓我想起了自己與康拉德的另外一個共同點：熱愛全新的體驗，當然，那是康拉德自小生長的地方。我有時候很羨慕他，不只是因為他的表達能力，也嫉妒他身為波蘭貴族之子的特權童年，我自小在倫敦的河口碼頭長大，那裡一無所有。

我要怎麼說休伊這個人呢？

活潑好動，調皮淘氣，

桀驁不馴，難以溝通，

無憂無慮，坦白直率，

狡詐，善於算計……

你得自己參透，根據勞倫斯的說法，我猜這也應該是從休伊媽媽那裡聽來的，休伊兩三歲的時候，開始從牙縫間發出小小的氣哨聲，彷彿在模仿火車引擎一樣，如果不是呼咿，就是福咿、咻咿，他的妹妹開始叫他休伊，這個綽號也就此不離身。

當年，介紹我們兩個認識的人是勞倫斯，他帶我到了法院留置室之後，旋即離開。我聽到關門聲，也聽到勞倫斯在門外與其中一名警衛講話，他正向警衛解釋，不需要特別照顧我。如果你是個盲人，一定要記得自己主控局勢，如果你看起來步態遲疑，甚至還會摔倒的話，大家都會趕緊跑過來幫你，太熱心了，很討厭。

我先開口，嗨，休伊。

有人進來了，不然，就是出去了，我聽到大力關門的聲音，然後遠方的另一道門也關上了。我們兩個人待在法庭樓下管制區的某間留置室。當時休伊的案子進入第四天，星期四，勞倫斯已經事先商請法官休庭，好讓我與他的當事人見面。

「嗨，休伊，」我先自我介紹，然後向他道歉，我們被迫在這種狀況下面會，「聽說檢察官昨天對你火力全開，」我繼續說道，「但律師說你表現得不錯。」

我靜靜等待，想要解讀他的反應，至少他沒有在哼哼唱唱或是喃喃自語，有些人的確會這樣。我面談過的殺人犯大多很友善，只要時間點不要太接近「事發日期」就好。休伊的「事發日期」已經是十個月前了，我認為他應該也會相當安靜才是。

我說，「休伊，可不可以麻煩你告訴我你要坐在哪裡？因為我眼睛瞎了，謝謝你。」他喃喃說了幾句話，「不要，你不要動，我坐過去就好。」

感謝老天，這裡沒有桌子。司法部的面談習慣是擺張桌子，兩人各據一方，但我盡量不要這種面談室，因為我不喜歡自己和談話對象之間有任何的阻隔。我先確定自己不會夾在他和大門中間，然後，找了個位置坐下來，但我也刻意不要緊挨在他身邊。這個自保的舉動，是為了要提防他想逃跑出去（以前發生過，我被挾持，後來還被打昏），我盡量在兩人之間維持一種輕鬆自在的距離，我知道這何其困難。

勞倫斯的祕書之後幫忙記下了我的口述資料：

契斯尼教授於十一月四日下午十五點三十五分，於休庭時間，在法庭樓下的留置室進行面談：嫌犯不肯合作。聲音低沉含糊，說話速度緩慢。對我抱持高度警戒態度。敘述殺人過程。毫無保留，但也沒有進一步解釋行兇動機。嫌犯說，「那男的對我笑。」我問，「他有碰你嗎？」他說那男人碰了撥火棒，順勢靠近他添柴位置的正前方，對他微笑。他說，「就是因為那個笑容，他臉上的那一抹笑。」他說他忍無可忍，他說他突然崩潰，「我控制不住，開始打人。」他說的都是他在法庭上講過的話，他說，那個笑容讓他想起兒時被處罰的回憶，因為他小時候被丟在拖車裡，還被毆打。毆打？我問他，被毆打的意思究竟為何，我問他，「被皮鞭抽嗎？」沒有多做解釋。一直說他忍無可忍，他以為自己打的是「另外那個男人」……

我記得自己在留置室裡曾經告訴他，「一定還有別的，休伊，你講的都一樣。」一片空白。

他依然緘默不語，我聽到他的呼吸聲，他的頭已經低下去了，我聞到一陣汗味，某種冷黏的氣息，我猜他的頭垂得低低的，想要控制自己的情緒。

「休伊，有的時候，我們身上的負荷太沉重了，很難說出口，」我繼續勸他，「但是如果你願意說出來，也許會舒服一點。」又是一片空白。

通常，在這種狀況下，應該要先來一點暖身開場白，我通常會花二十分鐘左右的時間鼓勵對方聊一聊自己的背景。當然，我早就已經從檔案資料裡知道了他的家庭狀況，但是如果你想和對方建立關係，親口聽他說出這些話，感覺就是不一樣。

「休伊，我等一下就得離開了，而且要以代表被告的身分表示意見，但是你給我的東西不多，我很難繼續下去，你說你七、八歲的時候，這個男人在拖車裡打你，你也告訴檢察官這件事，那男人叫作葛蘭。」

「這是我跟律師講的，檢察官不相信。」

「好，但是我相信你。」

「嗯。」

他又說，「問吧。」

「這個人是不是還有別的名字？」

「我只知道葛蘭，他可能搬到其他地方去了。」

「知道去了哪裡嗎？」

「什麼地方都有可能。」他的聲調是不是稍微釋然了一點？

休伊繼續說道，「有些事情我必須要靠自己解決。」

我想，他什麼都不會告訴我，「休伊，你什麼都不講，擺明了是要叫我瞎子摸象。」

「教授，如果你是瞎子，想必你也習慣了。」這句話來得突然，我眨了眨眼睛，我沒料到他會突然出這一招。他咯咯笑個不停，但隨即道歉，讓我又嚇一跳。

「對不起，」他道歉，「教授，你是真的看不到。」

「沒關係。」我回他。他在椅子上挪動位置，拳頭還發出聲音，他雙拳緊握，指節互擊作響，這是他緊張時的動作，勞倫斯說，他前一天在證人席時也是如此，檢察官對他問案的時間，長達兩個小時以上，等到我出去的時候，他還在敲叩指節。

他那次道歉，我記得很清楚，原因有二，第一個理由顯而易見，完全出乎我意料之外，你絕對不會想到在檢察官口中那個以「冷酷無情方式」、將手無寸鐵的老人活活打死的年輕人，居然會出口道歉。其二，沒有必要道歉，他說話的語氣也沒有惡意，不是譏諷或嘲笑，根本聽不出聲音裡有任何挖苦，意見表達很直接，完全不加思索，很坦率，對，甚至還有點體諒的意味（我那時候還不曉得——我怎麼可能知道呢——原來休伊的妹妹艾咪有一隻眼睛也瞎了，後來我才發現休伊也還算是有點良心的）。「體諒」聽起來也許有些牽強，但是對一個眼睛看不到的人來說，卻別有一番滋味。看不到，一直被當成某種空缺，就像是腦袋後面一片空蕩蕩的那種感覺，這當然是「看待」失明的方法之一（抱歉我喜歡玩弄雙關語），但是對我而言，重要的是「獲益」。在我四十多歲之前，我還沒有失去中心視力。我年輕時離開英國、到紐西蘭之後，眼睛才開始出現問題，但那是另外一個故事了。重點是，我還擁有記憶的優勢，在我完全看不見之前，我還記得這整個世界的模樣。眼睛瞎了，的確是個麻煩，但也僅止於此而已。當初，我固然知道自己終有一天會完全看不見，但失明的那一刻到來的時候，依然如晴天霹靂，令人恐懼不已，我不敢出門，陌生的街道讓我膽怯，但那種日子已經過去了。當我適應了這個看不到的世界，不再運用我的雙眼之後，我察覺到周邊出現一種截然不同的風景，我的感知能力變了——畢竟，我只剩下五感中的四感——我開始注意到以往忽略的細節，比方說，聲音的語調。以前，某人講話的聲音，只是我的雷達螢幕上的一個小亮點而已，如今它所帶來的豐富訊息，卻佔滿了整個螢幕。人的聲音裡處處藏著玄機，休伊也不例外。後來我與休伊的媽媽見面，亦是如此，當她一打開自家家門，我一走進去，立刻就知道她忘記把假牙裝進嘴巴裡。當我在進行訪談的時候，我聽到的不是未見其人的人聲而已，他們的聲音非常具體，因為我知道他們的氣味、突然出現的動作，還有普遍存在的緊張感。我第一次和休伊見面的時候，我不知道他的長相，也不知道他的膚色是白是黑，是瘦子還是胖子，高壯還是瘦小，但我可以判斷他是否焦慮緊張。他身上有些微酸味，我也可以分辨出他是往後仰靠或是彎腰低頭。只要那個人一做出那樣的彎身動作，我就會開始緊張，因為聲音馬上變了。流汗，我也知道，這是焦慮，恐懼的冷汗，可怕，危險。我告訴自己，當你聞到恐懼氣味的時候，一定要注意，要仔細觀察這一個人。

當我問休伊「他有碰你嗎？」的時候，我聽到他的聲音變得緊繃，雖然只出現短短的一秒鐘，但他之前並沒有這樣的反應。

所以，雖然變成了瞎子，但對我而言並不是損失，而是一大利器，所有的能力都提升了，我以嗅覺、聽覺、觸覺、味覺繼續生活，而且還有另外一項在我這個行業極為重要的感知能力，有時候還能讓我預見未來，也就是你的第六感（我的第五感）。要說那是直覺也可以，但其實它不只是直覺；它屬於超自然的範圍，好比是中國狐仙所擁有的預知能力，不過，在我的演講當中，我從來沒有提到過這一點。只要有人問我失明的事，我都會說，這是我的個人嗜好，我很樂意暢談失明這種嗜好。這可能聽起來有點詭異，但難道不是嗎？只要精心培養，技巧也會越來越高超，高爾夫球或是釣魚，都是如此，我不打高爾夫球，但是我很迷釣魚，所以請相信我，我覺得視力的重要性實在是被高估了。

我要是能在留置室和休伊再多相處半小時，我想他應該可以更放鬆，也許可以多知道一些事情，有助勞倫斯為他在法庭上辯護，但我所知有限，就這樣要坐上證人席，我覺得自己像個騙子。

2

面談完之後，我前面還有兩個證人，我出庭作證的時間是第二天早上，星期五。

那個星期四晚上，勞倫斯到飯店來找我，我們共進晚餐，他將他祕書整理好的碟片交給我，裡面有警方證據、以及休伊與他父母證詞的聲音檔資料。我突然被叫過去，到達時間也是中午過後了，本來希望還有時間可以和另外一位辯方專家一起比對資料，那位心理醫生名叫威爾森，曾經在休伊被關的康福德監獄裡做過面談，不過威爾森提早被叫進去作證，所以在我抵達之前，他已經先行離開。

在開審之前，曾經出過一點問題，當地法律扶助委員會仍然不肯撥款、無法讓被告聘請專業人士；勞倫斯只好向法院申請強制令，而且也致電法官，最後他判定委員會必須撥款，諸多限制讓勞倫斯一直不敢請我幫忙，因為他不知道有沒有辦法付錢給我，等到確定之後，已經開始審案，我還記得他打電話來找我的時候，依然餘怒未消。

勞倫斯．古德伊諾夫曾經是我的學生，他修過心理學的課，當做法律系學位的學分之一。我們對於司法體系的應報面抱持類似看法，這幾年來，我因為自身興趣也開始踏入這個領域，但這是他第一次尋求我的專業協助，勞倫斯在電話裡告訴我，當事人直率坦言，讓他印象深刻，不過他依然還有些事情猜不透，他說，大家都百思不解，就連醫院裡的心理醫生也一樣。

「如果能幫得上忙，我一定效勞，」我問勞倫斯，「需要我怎麼幫你？」

「你的專業判斷。」

我到法院的時候，只知道部分案情，以及勞倫斯在電話裡所透露的事。這起犯罪事件發生於十個月前，有個男人走進勞倫斯的事務所，開口說道，「我兒子惹了大麻煩，他殺人了。」勞倫斯看著他，這男人不算高大，扁鼻，戴著發臭羊毛帽，寬褲塞在厚襪裡，鞋帶是倒著亂綁。法律扶助，勞倫斯心底嘀咕，「我絕對（這是他告訴我的）不接這種法扶的案子。」所以勞倫斯故意對他開了個製作證供的天價，只是希望可以趕走這男人。

「三千元。」

「好。」那男人回道。

「你要怎麼付？」

那位父親想了一會兒，「我每個禮拜最多只能付四十元，這樣可以嗎？」

一切就這麼開始了。

讓我專心沉澱下來，我就能走入自己的記憶庫，進入休伊小時候被家人送去的地方，那間宛如幽影般的拖車，我還感覺到當他在醫院倒在我臂彎裡崩潰的時候，我的太陽穴因激動而產生的刺痛、以及奔流的腎上腺素，我也記得當大家擠在醫院病房裡時聞到的阿摩尼亞與其他氣味，還有他在黑暗之中對我說話，但，這也都是後來才發生的事。當晚我在飯店房間裡聽著他父母證詞的電子音檔，有兩件事讓我印象深刻。

第一，他媽媽提到休伊三歲時所發生的一場意外，當時她才剛生了個只有一週大的小女嬰，社區社福團體的護士剛檢查完小孩，她在法庭上是這麼說的：

……所以我想該給娃娃洗個澡，我把浴盆裝滿水，放在廚房桌子上，我又想到應該要趕快準備熱水壺熱奶瓶，等到她洗完澡的時候，剛好可以餵奶。休伊在我旁邊跑來跑去，所以我支開他到外頭去玩，但是他卻衝進廚房裡，水壺已經插在爐上，他在跑的時候，手勾到電線，整個熱水壺剛好倒在他頭上，我聽到他在大叫，我趕緊把小娃娃放到搖籃裡，跑去看休伊，我對他的臉上倒冷水，又回頭去看小嬰兒，她也在哇哇大哭，休伊跟在我後面大叫。「媽媽，媽媽，我好熱，好燙！」我看到他一直在脫上衣，那時候是冬天，他穿了好多衣服，我幫他解開襯衫釦子，等到我脫下他的汗衫，發現他脖子雙手的皮全剝落了，我嚇呆了。

休伊被緊急送醫，被隔離了好長一段時間，他告訴法庭，「大約有兩年之久」，不能抱他，也不能碰他，就連媽媽也不行。

第二起意外發生在四年之後，休伊大約七、八歲。他偷了一大筆錢，他的父親把他海扁一頓之後，把他送到一個以拖車為家的朋友那裡。那裡所發生的事情依然是個謎團，他什麼都不肯說，一直到十四歲被捕入獄之後，才在某次例行性醫療檢查中向工作人員透露，他曾經被綁起來、被毆打，除此之外，他什麼也沒說。審判已經進行到了第五天，他依然對此保持沉默，在被詰問的時候，也拒絕解釋詳情。

還有什麼？

死者是個退休的計程車司機，平常做些配件生意，一個人住在橋下的小屋裡，鄰居都知道他有個習慣，每天早上會提著水桶過馬路去提泉水。他認識休伊的爸爸，休伊也認識他，有天晚上，他打電話給這老人，他準備好車錢，想請對方載他到十五公里外、位於鄉下的爸媽家。休伊二十一歲，自從他十七歲之後，就再也沒有和父母住在一起，而是住在他工作的罐頭工廠的小鎮。不過他誤入歧途：開始吸毒，丟了工作，女朋友也跑了，現在他想在告別小鎮之前，先回家收拾一點東西，準備到別的地方展開新生。休伊進了小屋，先幫那老男人扛了些薪柴進屋，也喝了主人準備的咖啡，然後，他蹲下去撥弄正在悶燒的爐火，那男人伸首過去碰撥火棒、對他微笑；那笑容讓他想起十四年前的施虐者，兩張臉混融成同一張臉，這間屋子突然縮變成那間小拖車，他也成為當年那個七歲的小男孩，但是氣力和體格卻已經是二十一歲的男人，他拿著撥火棒，把那老男人活活打死。

他在法庭上是這麼說的，「我覺得好像是另外一個人在出手，我以為自己打的是另外一個男人。」

等到他發現出事之後，他關了燈，開走那男人的車，找到地方躲起來。三天之後，休伊打電話給爸爸，一切都講了。爸爸接到兒子之後，直接把他帶去警察局，也就是在那個時候，在事發幾乎四天之後，大家才找到老男人的屍體。

雖然罪名是謀殺，但是勞倫斯卻力勸他的當事人不可認罪，希望能夠以因創傷而激憤殺人的主張、減輕罪刑。但對我而言，想要證明「激憤殺人」這種想當然耳的辯護理由，在現階段實在是極其困難。

我仔細聆聽電腦裡的口述證據資料，卻一直聽到其他的案子迴盪在我的耳邊，對於創傷，對於處理心靈受創經驗，我並不陌生，事實上，我在大學裡從事學生的心理諮商，自從我有次上電視當特別來賓、被大家開玩笑之後，「創傷崔佛」的名號也開始不脛而走。我的第二個名字是崔佛——我的全名是哈洛德・崔佛・肯尼斯・契斯尼，簡稱為契斯，大家以為那是契斯埃爾的簡稱，其實不是，大家都喊我契斯（只有我太太叫我查理），在我從大學退休之前、也就是成為全盲之後的那幾年裡，我曾經因為某些天災人禍而前往澳大拉西亞和太平洋環的偏遠地區，我的主要任務通常是支援受難者家庭的心理諮商工作。也許你還記得吉爾柏特與艾里斯群島的慘案，十八名女學童和她們的女舍監被活活燒死在吐瓦魯島，這是一起駭人聽聞的重大慘案，等同於八千名紐西蘭人或是兩萬五千名澳洲人，在一次原可避免的災禍中全數罹難。

這種工作讓人心力交瘁，但是也有相對的回報，莉茲貝絲認為我越挫越勇，我的確不怕困難，真的，如果有必要，給我根晒衣繩，我也照睡不誤。有一次，我因為某一長老教會牧師的施虐案，遠赴蘇格蘭提供我的專業意見，這份工作也曾經讓我去了奧茲維辛集中營，最近還到了斐濟。在二〇〇〇年五月的時候，一群人闖入首都蘇瓦的議會裡，綁架了六十四名國會議員當作人質，我當時也在斐濟待了一個月之久，我找了一些當地的專業醫療人員，大家一起到那些人質家裡的村落去工作，酷熱難擋，但是我完全不受其影響。

當我在聽著休伊的證詞口述時，我不禁想到自己曾經經手的某個案子，地點在美國的中西部，故事的主角是泰瑞，他爸爸把他綁在拖拉機輪胎上，讓兒子動彈不得，然後又以塑膠水管抽打他，那時候他只有六歲；在他的成長過程中，為了讓自己不要自殘，泰瑞編出一套說法，他家附近的樹林裡住了許多的鬼魂家族。他的內心深處積壓了許多沉重的記憶，因為擔心遭到父親報復，所以不敢透露自己被百般蹂躪的真相，他變成了瘋子，像個機器人一樣，嘴裡不斷講著自己編出來的鬼魂與幻想，最後，他終於被送到了精神病院。不過，泰瑞沒有殺任何人，這是重點，也是和休伊不一樣的地方。就我的經驗，以及我們剛開始研究證實的戰爭退伍軍人創傷經驗來看，我從來沒有遇到過會奪人性命的創傷案例。

我記得在第一次的失敗面談之後，勞倫斯與我言談的期待之情：「這個嘛，不是無意識行為。」他立刻問道，「所以是什麼？」「還不知道，算是某種形式的解離，無意識行為的特徵都看得到——暴怒、害怕、恐慌、情境再現、激烈暴力行為——但並不是無意識行為。他在事後依然記得自己所做過的事。」我的回答很悲觀：「他的行為已經跳脫了我所知道的一切範疇。」

對我來說，休伊把人活活打死的冷血程度實在超乎我的理解之外，除非他能編出一套讓人完全信服的說法：士兵在戰場上誤傷好友的現實生活版版本，但想必檢察官不會吃這一套。

我擔任專家證人已經有好幾年的時間，通常法官知道我有視障的問題，會請人預先為我唸出案情報告，但是現在時間緊迫，已經來不及製作文字資料的口述版本，我必須得自己臨機應變。

星期五的早上，勞倫斯不慌不忙介紹我的基本資歷之後，導引我說完證詞。我之前曾經擔任假釋官，也做過監獄心理專家、諮商心理學家（威靈頓醫院的精神病學部門），同時也寫了好幾本書，還對於偏差行為、壓力、創傷等問題發表過專題研究。我在法庭上花了些時間解釋何謂情境再現，也再次提到休伊媽媽的證詞，我昨天才聽完，依然記憶猶新。她被問到兒子的成長歷程，她提到了休伊晚上睡覺時的恐懼症——害怕幽閉空間，堅持所有的門窗都必須要敞開，還有，休伊會在半夜扯破床單，而且會大叫驚醒，「我以為小孩在長大過程中都是這樣。」

這句話依然在我心裡縈繞不去。

「我從被告律師那裡得知消息，」檢察官站起來，準備對我進行交叉詰問，「你是在昨天的休庭時間與被告會面？」

我點頭，沒錯。

「他有表現出合作的態度嗎？」

「幾乎什麼都不肯說。」

「他有提到原因嗎？」

「他只有說，『我惹的麻煩夠多了。』」

「只有這樣？」

「他也說，很樂意以自己的性命換回那『怪老頭』一命，希望能讓對方死而復生。」

想像檢察官的表情，實在相當困難。我總有一股衝動，想要在腦海中描繪出說話對象的模樣，當然，這不包括我已經認識的人，但是當對方在挑戰我的時候，尤其是在法庭裡頭，這股衝動更加強烈。這是我自身的問題之一，好比我坐在證人席的時候，總是想要把拐杖撐挺在下巴處、好讓自己能抬頭挺胸，以免讓別人產生「這個瞎子在搖頭晃腦」的印象。

這個檢察官的聲音聽起來很詭譎，因為前一天還聽起來像是個矮小精幹的傢伙在講話，聲音從低處傳來，如今他的聲音卻在我耳畔飄移，我現在感覺對方個子高大，跟我差不多（我幾乎有六英尺高），這個名叫史派羅的檢察官應該是腹語術高手。

「他『惹的麻煩夠多了』？」法官問道，「教授，你對此有何解釋？」

「我認為他之前就一直擔心讓自己的家人蒙羞，對家人造成傷害。庭上，我想他還是很焦慮。」

「契斯尼先生，」檢察官繼續問道，「當你在進行面談的時候，要如何記下資料？你在現場做筆記嗎？」

「在某些狀況下，我會暫停下來，在對方面前以口述方式記下摘要，可能會喝杯茶，聽取意見，然後繼續進行面談。但是與唐斯頓先生的會面，卻沒有辦法以這種方式進行，我必須等到回去飯店之後，再進行口述摘要。我已經訓練自己要在長時間訪談中記取重點，不過，昨天的會面時間其實很短暫。」

「他有沒有告訴你為什麼要殺人？」

「有，因為情境再現，他想到了拖車裡的施虐者，敘述自己當時的感覺，一切排山倒海而來，怒火一發不可收拾，他說自己突然崩潰，當時以為自己毆打的是另一個人。」

「那麼，你相信他的說法嗎？」

「顯然是崩潰無疑，當某段記憶在這樣的狀況下被觸發，那麼一整串事件將如保險絲般突然燒斷，一切都扭曲失真，我們的腦袋，也就是大家所指的中腦，少了一個步驟，在這段過程當中，無法與人產生對話，這個狀況可能會持續個一兩秒，甚至更久也說不定。」

「會多久？」

「在這個案例中，顯然至少有好幾分鐘以上。」

「難道會理智一去不復返、不把人打死不罷休？好，所以他先拿撥火棒打人，之後又是斧頭，他走到外頭的停車處，回來的時候手裡還拿著那把砍柴斧，看到那人在地上呻吟，決定要繼續砍，把他砍死，這怎麼可能是『情境再現』，你說是不是？又或者，你認為他對死者的所作所為是種仁慈的表現？讓他可以早點解脫痛苦？」我無言了，他的字字句句都切中要害。

檢察官繼續說道：「而且，在他離開事發現場之前，還記得要拉上窗簾和關燈，以免敗露罪行，契斯尼教授，這又要如何以『情境再現』來解釋？」

「現在以證人身分發言的人，應該是契斯尼教授才是。」法官插話。

「契斯尼教授，真是抱歉。」

「我無法解釋，」我只能這麼回答，「不過，唐斯頓先生離開小屋，開了死者的車子之後，顯然不知所措，不知何去何從，他像個瘋子一樣在開車，用斧頭破壞公共電話亭之後，扔了斧頭，然後爬到樹上，待了好幾個小時，手裡還帶繩子想自殺。就我看來，他當時正陷於極端恐慌。」

「好，教授，我們回到之前的部分吧。請告訴我，對於那起造成『情境再現』的所謂意外事件，嫌犯是否有具體描述？」

「沒有。」

「沒有？」

「沒有。」

「細節呢？」

「什麼都沒有。」

「有沒有提到加害者的姓名？」

「我問了之後他才說出來，那個人叫作葛蘭。」

「只有這樣？」

「對，他說他不知道那個人的名字。」

「對於這個神祕的葛蘭，他還有沒有提到其他的事情？」

「沒有。」

「所以自從昨天精神科醫師威爾森先生到此出庭作證之後，我們也沒有新的進展，我想您已經看過威爾森醫師的證詞了吧？」

「史塔林先生，」法官輕聲指責檢察官，「你忘記了，這位證人看不見，無法閱讀。」

「沒關係，」我說，「庭上，我們也很習慣這種說法。是，我利用『派克美』電腦，也就是盲用電腦，已經『看過』威爾森醫師在庭內的陳述。不過，檢方認為毫無新的進展，我並不贊同，」我繼續說道，「除了唐斯頓先生在康福德監獄告訴獄醫的內容之外，沒有人知道當年在拖車裡究竟出了什麼事情。就我所知，這是因為某次例行性醫療檢查才曝了光，要不是因為監所醫生發現有個犯人絕望拍打著囚室的門、而且每晚惡夢連連的話，我們又怎麼會有機會知道這些蛛絲馬跡？唐斯頓先生顯然是下定決心，打算絕口不提，他告訴獄醫小時候自己曾經被綁、被毆打，逼醫生發誓要保密，而且要求他不得轉告自己的律師。所以他是在極勉強的狀況下才被說服、並向律師透露此事，即便到了現在，他也沒有透露更多的內情。有許多醫師和諮商人員想要讓他打破沉默，我昨天才探視過他，我很篤定，他的『情境再現』的確是真的。」

「教授，他是不想承認，是嗎？」法官問道。

「對，不過的確有他的理由，他不希望再讓家人蒙羞。他以前做過什麼事？偷了一大筆錢，後來呢？他被送走，和一個陌生人住在一起，而他沒有辦法透露究竟發生了什麼事——」

「沒有辦法？」檢察官問道。

「我說錯了，不是『沒有辦法』，而是『不想這麼做』。他以為當初的事件是經過父母的認可，他的爸爸媽媽和施暴者串通好了，他認為這是處罰的一部分。」

「教授，請容我直言，這不是診斷，這根本就是假設。」

「是。」

「你要在神聖莊嚴的陪審團面前編出這一派胡言？」

「檢座，你要這麼說我不介意，但我認為重要的是他的父母跟我們一樣，並不知道過去發生了什麼事，唐斯頓先生從來沒有開口提起。我認為童年留下的可怕痕跡，是不可能消失的，而且它們根深蒂固，甚至在成人階段更是變本加厲。昨天我與唐斯頓先生會面的時候，曾經詢問他在學校裡的情形，他告訴我他在學校裡的座右銘：『奇亞卡哈，奇亞托阿』，意思就是『要堅強，像個男人』。我覺得無論他在拖車裡受了什麼樣的折磨、極其殘虐不堪，對他來說，都等於是符咒的一部分，他必須像個男子漢一樣，悉數承受，『要堅強，像個男人』，以前如此，現在亦然，十四年之後，他『依然』在繼續承擔。」

法官拿著鋼筆在寫東西，如果不是法官，那就是書記官，我聽到一片靜默中還有筆尖摩擦紙面的聲音。有人在咳嗽，陪審團那裡飄來一縷香水味。勞倫斯後來告訴我，陪審團前座有名女性陪審團成員抄了許多筆記，其實從我一進入證人席的時候，我就感覺陪審團裡有人特別注意我。咳嗽聲又出現了，法官開始講話：

「就你的觀點來看，他是想要保護家人？」

「不要再受到羞辱——對，我是這麼認為。大家都在這裡，我懂，他的爸爸，媽媽，姊妹，兄弟，表兄弟表姊妹，還有阿姨，家人是他的一切。」

檢察官問道，「但是從警察詢問唐斯頓先生的錄影帶中，他卻沒有提到這一點，為什麼？」

「也許，」我回答他，「因為警察畢竟不是心理學家。」

此話一出口，我就立刻知道搞砸了，爛笑話一個，就算我所言為真，這種說法也太自我中心了。我聽到陪審團前座的那名女成員在笑，但其他人卻笑不出來。

「畢竟是不同的訪談，」我想要彌補自己的失言，「在那樣的狀況下，他不可能會說出這些話，因為警察是權威的象徵。」

「教授，心理學家也是啊。」

我越描越黑。這位檢察官——這一次我終於摸清頭緒——他個子不高，但十分結實，而且他非常適合幹這一行，他對於嫌犯的心理動機幾乎毫無憐憫之情，而且對於追查細節也很有天分，他著墨之深——甚至想知道休伊行兇當天究竟吃了幾塊鹹肉派，還有女友在甩掉他之前、送給他的戒指是什麼款式——我起初覺得這種做法很煩人，根本是在賣弄，但後來我才發現這確是高招，挖掘細節混淆陪審團，讓休伊的遭遇變得瑣碎不堪，但是我也無能為力，他的聲音迴盪在法庭裡的每一個角落，揮之不去，而我的聲音相對單薄，但我也無計可施。

「教授，您的專長在臨床心理學，是嗎？」

「是。」

「並非鑑識心理學家。」

「不是，但以前我也出庭作證過。」

「以專家證人的身分嗎？」

「是。」

「為被告方出庭？」

「正是。」

「上一次為檢方出庭作證是什麼時候？」

「六年前左右。」

「再之前呢？……教授，我來幫你回想好了，根據我的紀錄，除此之外，也只有那麼一次，二十年前因某起縱火案、為檢方出庭作證。」

是嗎？一想起那個縱火犯，我就渾身不自在，幾分救世主的調調，在澳洲和紐西蘭有許多追隨者，他放火燒了一家幫人墮胎的醫院，等到作證完之後，我接到一封其中一名追隨者的來信，指稱我並不是第一個「隱身在充滿偏見的學術底層」、邪惡無知又偏執的白癡。

檢察官繼續一輪猛攻，「我的重點並非是法庭的『報告紀錄』，而是你站在法庭裡陳述意見、接受交叉詰問的次數，二十五年來，總共只有兩次，對嗎？」

這次的火力精準到位，我必須承認，相當令人激賞，他看到我的缺陷，立刻猛撲。我坐在證人席裡，手裡緊抓著已折疊好的拐杖，我將它放在膝蓋上，大家都看不到，雖然是十一月，法院裡的空氣卻很冷冽，而我抓著拐杖的手指卻已經汗溼。

「是。」我作出回答。

「『殘虐』。教授，先前你是否使用過『殘虐』這個字？」他說出這個字的方式很特別，舌頭停頓，慢慢發出氣音，彷彿像是拉了一下小提琴的琴弦。

「我指的是唐斯頓先生在拖車裡被綁被打的事件。」

「對，他自稱的那起事件，你的說法是『殘虐不堪』。」

「我想我說的是，『極其殘虐不堪』。」

「好，謝謝你的糾正，『極其殘虐不堪』。教授，為什麼要使用這樣的辭彙？」

「我是為了要——你是說『極其』這個字嗎？」

「不，我指的是殘虐。但還是請您繼續下去。」

「我是為了要幫助陪審團、以七歲小孩的眼光來看待童年中無法磨滅的痛苦回憶。遭受這類創傷的受害人，不可能找最親近的人宣洩自己的壓力，他必須以某種方式自行面對周遭的世界，在他內心世界之外的地方，他可以學習好好面對，所以看起來貌似行為正常，但是他的記憶——也就是創傷——卻被封閉在內心裡，冷凍起來了。昨天——我想到一個簡單的例子，想必大家都能了解——昨天我們聽到媽媽提到，被告還是小娃娃的時候，曾經被滾燙的熱水瓶燙傷，為了等待傷癒，他被隔離了兩個月之久。不過，在唐斯頓先生的證詞中，卻明顯誇大了這段時間，他說不止於此，他說自己被放在一個玻璃罩裡，時間長達『兩年』，而不是兩個月。他記憶中的創傷也未能因此而緩解，一切都被誇大了，而誇大之後居然成了真實，他在拖車事件裡的記憶也是類似情形，他曾經承受的處罰顯然極其嚴重，而且一再浮現。」

「教授，但你剛才使用的字詞是『殘虐』，而不是嚴重。」

對方的聲音聽起來在幸災樂禍。

「教授，假使真的有這個施虐者好了，你可有任何證據顯示他是性虐狂？」

沒有，當然沒有，你這個傢伙真討厭，我要是知道的話，審判早就結束了，你也只是個多餘的角色而已。這男的如果不是故作駑鈍，不然私底下也是個虐待狂，這種人非常適合當檢察官。

「沒有，」我回答他，「但是對我而言，答案已經是呼之欲出。」

「沒有確切證據，依然還是個假設吧？對不對？」

也只好這麼繼續下去了。

中午一點鐘的時候，法官宣佈休庭吃午餐，勞倫斯稱之為中場休息，正當我走出去的時候，他告訴我，「你有沒有發現法官怎麼叫他？」

「誰？」

「檢察官，法官弄錯了，把他叫成史塔林。」

「他不是史塔林？」

「不，他是史派羅，法官弄錯了。你知道史塔林是誰嗎？十七世紀時的倫敦市市長，很有名的法官，惡名昭彰。他有次審判貴格會的兩名成員，一個是威廉·佩恩，另外一個我忘記名字了。他把陪審團關了兩個晚上，不給他們吃東西喝水，但是陪審團仍然拒絕宣判被告有罪，史塔林對審判團團長大吼大叫，還威脅要割掉他的鼻子。」

我猜，勞倫斯告訴我這件事，是為了要逗我開心。我的確有些挫敗，這個只比我一半年紀再大一點的小騙子史派羅，居然讓我的表現看起來像是個菜鳥，的確讓我很不舒服。勞倫斯的行為舉止相當樂觀，但我卻開始嗅到一絲退敗的氣味，彷彿他好像已經預知判決結果一樣。我那時候還不知道第一天的時候出了什麼事，開審判庭之後沒多久，陪審團看到了警方拍攝的照片，死者腦袋殘爛不全，有一名陪審團成員一看就昏倒了，立刻被送入醫院。

等到我用完午餐後回去，那名檢察官在路上把我攔下，劈頭問我，「你的報告呢？」

我的態度立刻變得很防衛，「不在我這裡。」他所指的報告應該是勞倫斯桌上檔案夾裡的那份報告、與其他文件放在一起。雖然我是這麼猜想，但也不能全然確定，我甚至還一度陷入恐慌，擔心自己把它留在飯店裡頭了。

「不，教授，我說的不是那個，我只想知道你是不是能親手寫報告。」

「老套了，」勞倫斯後來告訴我，「他總是喜歡嚇唬人。」我勉強壓抑著自己的怒火，這個檢察官的行為真是荒腔走板，依照慣例，證人還在作證的時候，他是不應該和證人說話的。勞倫斯在他桌上發現了我寫的報告，等到審判再度開始，我也下定決心告訴檢察官：「史派羅先生，在休庭午餐時間，你曾經開口問我寫的報告，好，都在這裡。」這番話本來會讓他很難看。不過，這個檢察官實在反應太快，問了一個我必須馬上回答的問題，反攻的時機就這麼溜走了。

3

週五轉眼就過了，我本來有些期待，等到檢察官坐下來之後，勞倫斯會再度詰問，但是他並沒有。之後只有一個證人再度坐進證人席：是負責驗屍的警醫，而且他之前已經出庭作證過了，這次又被找回來。到了下午四點鐘，法庭裡已經空無一人，此時趕回威靈頓已經太晚，我打電話給莉茲貝絲解釋緣由，然後想找個我當初在康福德時結識的老友，安德魯．哥爾特，我問勞倫斯，不知道這位地方法官是否還健在。

「安德魯？你是說老舒茲嗎？我最近還看過他，」勞倫斯回答，「我記得他太太過世了，他現在請了一個看護。」

我從英格蘭過來這裡，幾乎已經是四十年前的往事了。當時紐西蘭司法部徵聘新血，我被派到康福德擔任假釋官，這是我在新國家的第一份工作，安德魯．哥爾特當時是地方法官，比我年長十歲。當時有一名毛利族的少年，從康福德紀念博物館裡偷了一只據稱價值數千元的獎章而被起訴，不過他卻宣佈那名少年無罪，也就此贏得了我的敬愛。失物是一枚少見的紐西蘭十字獎章，原是給某位英國軍官的獎勵，表揚他在上一世紀的紐西蘭土地戰爭裡的英勇行為，那位軍官發動攻擊，被告的祖父母與半數的族人均遭殲滅。這個年輕人意外發現這個放在玻璃盒裡的獎章，當下「非常震驚」。他說，他偷偷把玻璃盒的螺絲鬆開，特意將它取出，讓它回葬在它的應屬之地，以便讓「大家都能得到寬恕」。被告的真懇言辭讓安德魯非常動容，宣佈這孩子無罪，接受被告「以權利本質」為由、否定偷竊意圖。

後來，他告訴我，這孩子完全不矯飾，讓他印象深刻，但我懷疑安德魯可能不知道這樣的裁決雖然符合正義，但卻不符法律，充其量也只是道德權利的本質或主張，而非法律權利，即便如此，法界對此一無罪判決的強烈負面聲浪，還是讓我大吃一驚，據說這正是安德魯只能當地方法官、無法進入高等法院的原因之一。

我找到老舒茲的電話，打過去找他，「安德魯！我是契斯。」他馬上就想起來我是誰，而且聽到我的聲音似乎很開心，「一起吃晚餐吧，」我問他，「七點鐘可好？」

安德魯準七點出現在飯店，帶了個看護，是個年輕女子，身上飄散著芳香薄荷味，她向我解釋安德魯肌肉出現問題，容易疲倦，隨後她找來服務生，帶引我們入座，「他身體很虛，」她附耳低聲告訴我，「不要讓他喝太多酒，我八點半回來可以嗎？」

「謝謝，沒問題。」我回她。

「蠢婊子，」安德魯音量很大，「走了沒啊？」

「安德魯，是不是發生什麼事了？」

「『安德魯』是你叫的嗎？你給我記好，我在你面前，永遠是舒茲。你知道你打電話給我之後，她跟我說什麼嗎？『只能喝一杯』，我告訴她，『妳搞清楚，契斯尼教授和我已經認識快四十年了，妳那時候根本還沒出生。今天我們準備要好好慶祝！』一杯？他媽的女暴君！」

他的開場白讓我嚇一大跳，印象中他是個溫謙君子，擔任法官的時候更是自制律己的典範。

「契斯，我在家的時候，她一滴都不給我喝。」

「我已經點了一瓶酒。」我告訴他。

「很好，今天有什麼好料？」

「食譜上有馬賽魚湯。」

「好，我就點這個，我只剩下兩顆牙齒，不過還是可以吸進去。你失明有多久了？有人告訴我你眼睛瞎了，想不想聊這個？不要？好，那說說今天的這個案子好了。」

「不，先告訴我你過得怎麼樣。」等到服務生幫我們點完餐，我隨即問他。

「他媽的有夠慘，」他開始髒話連連，「乾杯，契斯。」他把自己的酒杯和我的對碰，打嗝，說話態度兇狠暴烈，讓我不禁好生擔憂，「我一定要殺了那女人。」

我知道老年人的抑制功能會受到影響，還有老年癡呆症通常也會出現無謂的咒罵——我記得佩姬．亞許克羅芙在電視影集《王冠上的珍寶》裡飾演芭比的模樣，但是我沒有親眼見過這種症狀發作。真正讓我吃驚的是，安德魯罵聲連連，卻依然是那群住在費爾丁上流人士參加下午茶派對時講話的口音，他們都是來自英國的諾爾佛克和德國漢堡的農耕移民，安德魯正是在這樣的環境中長大。我拚命想辦法，希望可以趁他穢語症症狀稍歇之際、趕緊轉移他的注意力。

「費莉絲蒂死了，」他又用德文說了一遍，淚流不止，整張餐桌因為他激動啜泣而在搖晃不止。「契斯，我們夫妻還是過得很幸福，你說是吧？」他的手伸過餐桌、抓住我的手，我微笑點頭。費莉絲蒂是他的太太，比他年輕幾歲，長得美麗動人，有光亮滑順的黑髮，我還一度對她產生綺想。

「安德魯，我不知道你也會說德文。」

「我沒有啊，是我媽媽說德文。好，你來說說這個案子吧。」

「沒問題。」我連續說了十五分鐘，服務生幫我們加水，安德魯也沒有插話，他還一度抓著我的手腕，「繼續，繼續說下去。」

「你知道我生氣的是什麼事情嗎？」他最後說了這句話，「那女人，居然想把我的腳趾甲塗成藍色的。」原來他根本沒有聽我說話。

「你記得獎章的事情嗎？」我問他，「那個被你無罪釋放的男孩？」

「什麼？不，蘇瑟蘭？一個蘇格蘭名字對不對？」

不久之後，我暫時告退去洗手間，在我回到餐桌之前，卻被服務生攔下來。

「先生，您的朋友，那位老先生睡著了。他打破了杯子，而且還又叫了一瓶酒。」

「沒關係。」我開始叫他，「喂！安德魯！舒茲！」——我用拐杖猛敲桌面，「醒一醒，要開庭了！」

「我睡著了是嗎？」他突然醒來，「契斯，好笑，我敢發誓，那一定是個毛利人的名字，我說你的當事人。」

「我的？你是說我的還是你的？」

「不，不，你的，唐肯，對嗎？」

「唐斯頓，休伊．唐斯頓。」

「唐斯頓，對對對。我告訴過你了，我的當事人有個蘇格蘭名字。」顯然他把這兩個案子混在一起了。

「要不要喝點咖啡？安德魯？」

「服務生，我還要一點布丁！」他大吼大叫，「契斯，希望你不要介意，我又多點了一瓶酒。」這時候酒送上來了，他對著服務生說話，請你轉告那年輕女人，對了，她叫作艾蜜莉，要麻煩你轉告那天殺的女教官，等到她八點半回來的時候，告訴她我正喝得開心，叫她先閃，九點半再回來。聽懂沒？很好。現在契斯——他又抓住我的手腕，「我們好好聊一聊。」我聽到椅子刮擦著地板的聲音，他正準備傾身前坐。

「所以？」

「沒事。」他回答，隨即又陷入沉默。

突然他又開口說話，「你怎麼沒說你上報了？」

「什麼報紙？」

「當然是早報，頭版，拖車男孩，很特殊的案例，我一直有在注意，別跟我說昨天你沒出庭作證！」

「是真的沒有，我是排今天。」我回他，但是他根本沒注意聽。

「挑釁我是嗎？給我那麼難看的臉色？」安德魯蔑笑，「聽好——」他放開我的手臂，但又立刻抓住我的手，「『殘虐』？為什麼你會這麼想？你這樣的人怎麼會說出這麼不專業的字眼？契斯，希望你不要忘了自己的專業才是。」

我想，在他的潛意識裡，一定是把我告訴他的事、加上他早上看到的新聞，全部搞成一團。

「契斯，你的推論很合理，但大家不能接受，法官出手阻止你是對的，不然你這個臉可丟大了。」

「不是法官，是檢察官。」

「不要跟我辯。他得要『像個男人』承擔一切，這不是你說的嗎？那句話是怎麼講的來著？『奇亞卡哈，奇亞托阿』，他媽的這座右銘說得太好了，所有的黑人都早就知道這件事，他們才不會每次輸了唉唉叫。對了，你這次也輸定了。」

「你這麼覺得？」

「哦，是啊，楚柏帝法官是對的，第一天有陪審團成員昏倒，這個案子就註定要輸了，你在現場嗎？不在。勞倫斯應該要阻止的，如果是我，我一定會出手，法官讓警察展示照片，讓陪審團看到死者被打爛的頭，我猜畫面一定很可怕吧，其中有個陪審團成員看了之後很安靜，不說話，然後就倒下去了。楚柏帝法官開口，『現在應該要休庭。』說真的，我聽到我家外頭有救護車經過，陪審團成員入院治療，所以案件延至第二天繼續審理，警察老是喜歡在陪審團面前玩這一招，每次都很管用。哦，他一定完蛋了。」

安德魯打嗝，整個人好像都在晃，他的腦袋開始變得靈活起來。

「頭條新聞就是──『持斧兇手獲判無期徒刑』，對，就是這樣。查理，我再告訴你，那賤女人來了沒？我告訴她八點半，她遲到了，我跟你說，這些年來我從來沒像今天這麼痛快過，等到我們回家以後，艾蜜莉和我還會坐下來，再喝杯熱甜酒。我說到哪啦？對，那個混蛋楚柏帝，這只有你知我知，懂吧？很久以前，我手上有個案子，某個毛利族年輕人偷了獎章，那東西本來是給一個英國人的，在紐西蘭土地戰爭中，他拿刺刀殺死了某毛利部落裡一半的人口。我們那時候對毛利族的行為真的是很可恥，我心想，我該給這些畜牲一點顏色看看，所以我判他無罪，同情心的正義。你知道楚柏帝幹了什麼好事？那時候他是律師會的主席，他寫信給總理打我的小報告，所以我永遠進不了高等法院，就是這個混帳楚柏帝法官在惡搞我，所以我說，你輸定了。」

「安德魯，你說的是楚柏帝的爸爸吧？」

「應該是啊。」

「可是這個案子的承審法官是他兒子。」

「哦，這樣啊，那應該還好啦。」

休伊・唐斯頓的父母住在康福德郊外山區的一個小鎮，名叫皮基皮基。皮基在現代毛利語中的意思是無花果。皮基皮基，溪街十二號。不過人家告訴我信箱號碼早就不見了，但我猜那也不重要，因為他爸爸並不識字（但我記得休伊告訴我他爸爸對數字很行），而且他們應該也沒有什麼信件。

在第二天搭巴士回去威靈頓的路途上，想必曾經過了通往皮基皮基的小路，不過，當然我什麼都沒有看到，但是我在擔任假釋官時的鄉村景色，卻依然歷歷在目。我想，自從我當年和以撒一起到尤瑞瓦拉的鄉下、抓了我有生以來第一條鱒魚之後，這裡應該不會有太大改變才是，那段日子，我走遍了窮鄉僻壤。我當海軍的時候，視力依然很好（巡洋艦上的實習生），曾受過訓練、在中桅上計算來犯的敵機數目，因為我們的船在回港時會遭到日本神風特攻隊的自殺式攻擊，我那時候十九歲，幸好，在我被派任之前，太平洋戰爭已經結束了。

當年我到康福德的時候，年方二十七歲。這整個地方一分為二，毛利人，還有歐洲後裔，不過，也是等到遇到以撒之後，我才注意到這件事，乍看之下，所有事物已融合為多元燦爛的美麗風景，許多地方都令人聯想到英國，我也寫下自己的激動驚喜，將其分享給家鄉的哥哥湯姆，我詳細描述這裡的花園、原野河流、農莊、果園，以及高大的柳樹，還有映襯著楓葉的柏樹，天空中的紫紅色雲塊，我到達的時節，正逢秋天。

「這是處處充滿驚奇的地方，」我在日記裡寫下這樣的字句（一直到戰時被疏散到德文郡，我才第一次見到大海與山脈），我告訴湯姆，這裡有塊僻地充滿了樹脂氣味，還可以聽到斑紋珍鳥的振翅鼓動聲響。我還描繪了山谷裡的玉米田，以及白松密林遠方的諸多色彩繽紛木屋。「如果你有機會到這裡來的話，」我告訴哥哥，「你一定會覺得奇怪，我們這些死英國人為什麼要把橡樹種成一直線，將樹修整為和肩膀同高，看起來像是穿著卡其色制服的士兵、雙腿光溜溜的，而且，萬一毛利人養的豬在你背後猛追、逼得你得拚命跳跨鐵刺網圍牆的時候，你真的會趕緊求上帝顯神蹟，趕快救救我們這些笨蛋。」

在那段時日，我還在幻想自己是個作家。我在英格蘭受教育的時候，我很清楚知道白人與有色人種的種族關係模式，征服者與被征服者之間的對立；但尤瑞瓦拉土地被強制徵收的惡行，以及我的同胞在土地戰爭中所採行的焦土政策，我卻一無所知，他們告訴我，我的新家園是個天堂，沒有外人與邊界，周圍只有大海與魚群，這種說法言之成理，我當然不加思索，照單全收。

有一天，我開車離開康福德，去探視某個少年犯的父母，這名少年攻擊警衛之後，又企圖以腳踏車鏈傷害自己。我進入某個陌生山谷，看到小鎮，建在蜿蜒山陵間的英式橄欖球球場，我發誓這一定是全世界最高的球門。沿路偶有野馬穿越鐵道。我找到地方停車，走向一棟黃漆屋子，它的周邊長滿了依風剪方向生長的茂盛松樹，門外還有許多母雞和豬隻，被繩子拴起來的小牛，脖子上出現可怕的血色勒痕，還有狗兒狂吠不止。當我敲門的時候，有個小女孩出來應門，年紀大約是九或十歲，她一開口說的並不是我常聽到的毛利人招呼語，也不是「我去叫我媽媽」，她只是轉身溜進去，用英文大吼一聲，「人來了！」

門階上終於出現一個目光兇狠的大塊頭男人，他腳上的襪子分別是鮮紅色，與淡綠色，身上只套了件足球運動衫。他站在走廊上，抬頭挺胸、雙手交叉在胸前，當我解釋來意時，他的目光眺望著遠方山丘，他除了向裡頭的人講了一些毛利語之外，其他什麼都沒說。最後，我只能用淺白的英語向他解釋，他一定得要穿上鞋子、立刻跟我一起回到鎮上，不然他那個叫傑克還是約翰的兒子很可能會被送進精神病院裡，我可能還說了像是「杜鵑窩」之類的字詞，確定他可以聽懂我的意思。（我們那時候經常使用這樣的貶抑詞，土人、死愛爾蘭人、黑鬼、黑仔、捲毛的，好歡樂的往日時光！）

「他還好嗎？」那男人劈頭就丟下這一句，隨即語氣轉趨溫和，「約翰有沒有傷了自己？」這個父親並不笨。

「他是個好孩子。」我在回程路上這麼告訴他。這位爸爸名叫佛瑞德（但是受洗名為以撒），自小是由祖父母所照顧，他的兒子約翰也是在三歲的時候、交給祖父撫養。我告訴他，我也是由外公外婆自小一手帶大。

「怎麼稱呼比較好？」我問他，「以撒還是佛瑞德？」

「『跑跳蹦』，我朋友都叫我『跑跳蹦』。」

「我還是叫你以撒好了。」

在我出面交涉之後，這小孩子的事情總算是圓滿落幕，不但逃過了傷害罪的罪名，而且還被交保釋放回家，從事社區服務即可，以撒緊緊抱著我表達感激之意，但幾乎要把我一根肋骨給弄斷了。

「先生，你給了我希望！」他說。

「以撒，怎麼說？」

「這位朋友，我也不知道，但是你把我兒子送回來了，我祝你死而不朽！」

以撒的謝意並沒有就此劃下終點，煙燻鱒魚或是肉塊開始不請自來、出現在我住所的大門口外頭。有一天晚上，三個男人來敲我家的大門，他們全都戴著頭罩，身著厚靴，腰間有佩刀，其中還有兩個人帶槍，過了好一會兒之後，我才認出第三個男人是誰，以撒露出笑容，白色頭罩遮蓋了部分頸間的黑色鬈髮。

他說，獸鳴已起，他要和自己的堂弟在破曉時分去獵鹿，「要不要一起來？」

「但我不會用槍。」我答道。

幾個小時之後，其中一個堂弟弄了台小卡車回來載我。我們繞了兩個小時，最後到達山谷底處，那裡已經有馬匹在等著我們。此時我向以撒坦承自己根本不會騎馬。「你不會用槍也不會騎馬，老弟，那你『都在幹嘛』？」我向他解釋，自己在海軍裡的時候接受的是海事訓練。他讓堂弟坐前頭帶我，四天之後，我已經可以在他的陪伴下，自在徜馳。以撒已事先準備好了食物、溫暖衣物，以及防水布，我們就直接睡在外頭，第二天的時候，他指給我看他和祖父住的小棚屋，他在那裡一直待到十四歲才離開。

「我祖父說，人生最大的難題，就是生存。」以撒引述他爺爺的話，「生存，」他告訴我，「有四大要件：祈禱、土地、火，還有紀律。」

以撒還有很多諸如此類的格言。

我記得他的笑，總是開懷大笑，也因而讓夜半營火的木屑煙引發他頻頻哮喘。他的笑語清朗，他沒辦法講出英語的剪刀，他改說「庫提庫提」（毛利語的剪刀），自己立刻哈哈大笑。當他發出笑聲的時候，會閉上雙眼；甚至還會流出眼淚，嘴角閃著晶晶亮亮的唾沫，臉頰鼓脹，臉上的皺紋也瞬間化成山谷與溝壑，他走路的時候，嘴裡會持續發出哨音。我們穿過樹林裡的艱嶇小徑，經常走下河谷去捕魚，或是在水塘裡游泳。河流將山谷一分為二，牛隻在樹叢中的空地裡吃草，還看得到一小群野馬，兩旁的山陵，漸漸變得令人頭暈目眩，在第一天傍晚的時候，我因為天色昏暗而摔倒了兩次——這也顯現出我的周圍視力在那個時候開始出現問題。自此之後，以撒開始扛我的東西，如母親一般細心照顧我。有一次我在過河的時候失足滑倒，他彎下身子，把我當成孩子一般、扛在他的背上。五十年前的往事歷歷在目——河畔鸊鷉的叫聲，被踩爛的瓊楠漿果氣味，晨霧中猙獰樹幹的剪影，宛如人體軀幹一般，透泛銀光、散發著十足妖氣。

山谷裡完全看不到任何房子，最後一天，我們使勁爬上某處空地，那裡有間陋屋，已經廢棄許久，顯然以前是作為毛利人的會所之用，也就是部落的集會中心。以撒帶引著我，先走過一排殘敗的屋外廁所，隨即準備進入這間以雕刻木柱和鐵皮屋頂搭建的房子裡。他示意叫我先後退，自己趴倒在地，唸了一段應該是毛利語禱文的話之後，他脫去靴子，雙手提鞋，默默進入門廊，不久即縱聲大哭。

以撒雖然笑聲洪亮，但其實哭聲卻很深沉，從喉間發出的嚎哭聲簡直是詭譎陰森，起初哭聲的節奏是斷斷續續，再來是冗長不斷，然後又穿插著喃喃私語，彷彿在與某人對話。

我想到了自己看過的一段中國古詩：

祖靈奉獻，

願其安息，
無患無戕，
願天悅寧。

我不知道以撒哭了多久，但是等他哭完、叫我過去的時候，幾乎都要天黑了。我們坐在門廊那裡吃了點東西，還在燭光下聊天，但是他卻依然什麼都沒有解釋。等到我早上起來的時候，已經不見他的蹤影，一個小時之後，他又再度現身，一手拿著鱒魚，現抓的，另一手則是鰻魚。

他說，「昨天晚上有訪客。」他指給我看其中一根柱子，深夜時分曾經出現鳥蹤，凝望著我們熟睡的模樣，飛走的時候還掠擦了他的額頭，「它是信使。」

「這是什麼意思？」我反問他，但是他依然沒有解釋。

以撒的教育程度不高，他一直到二十一歲才開始學英文，他學會的第一句英文是，「我不可以說毛利語」。他十四歲的時候到鋸牧場當學徒；自此之後，工作一個接著一個換，所以也有了「跑跳蹦」的外號。雖然他年輕時住的地方離城鎮不遠，但他在結婚之前、從來沒有進去商店過，也不知道白人的家裡是什麼模樣。他跟我一樣，也是藏不住話的人，過沒多久，他想到了過往的屈辱記憶，也透露了自己嚎啕大哭的原因，族人被強取豪奪，讓他悲痛不已。我們行臥過的大部分土地，都和他與生俱來的權利息息相關，但是卻因為後續的國會法案而被強迫割讓；其他村莊裡還有更多的土地被政府官員強制賣出，其所使用的恫嚇手法，後來又在非洲獨裁者羅伯特・穆加貝手上發揚光大。我們走出山谷，他又多講了一點，但也僅止於此。他不是故弄玄虛，也沒有自艾自憐的意思，他知道，我日後終將會以自己的方式拼湊出真相。

以撒那晚給我的印象並非忿恨不平，而是某種陌離感。最後一晚，我與他一起坐在門廊外，昏黃燭光映照著我們的臉，我不禁開始思索：自己陷入了一個謎團，但依然不得其解。有人說，在燭光下最能看清一切，因為你的眼睛幾乎看不到東西，但這正是神奇之處，在燭光之中，一切都變得清亮。雖然我那個晚上無法參透，所知無多，但是，之後每當我接觸以撒的族人，無論是在學校、工廠，或是農場，我發現自己看待他們的方式已經大不相同，對我來說，他們不再是白人圈裡的附屬品，也許，那是我第一次覺得自己和他們很像，都來自於另外一個世界。以撒的爺爺認為人生最大的難題是生存，我想，他可能搞錯了，最困難的應該是在自己的土地上、卻必須像陌生人一樣活著。

你可能會認為，我講以撒這件事已經離題了，但是每個心理學家都有其弱點，我們也不可能句句切中要害。以撒曾經這麼告訴過我，「我絕對不會離開這塊土地，雖然這裡對我來說已經像是月球，我也一定要住在這裡。」我又想到休伊和他的爸爸，以撒應該會看不起休伊的爸爸吧。

4

我在康福德過了兩年的快樂時光，之所以會到那裡，完全是拜海軍少校福克斯之賜。休柏特・福克斯教導我航海技術，但更重要的是，他帶引我進入書香世界。當他在進行海上長旅之際，也同時會為某家倫敦的雜誌寫書評，我根本不懂什麼是書評，我媽媽家根本沒有書，應該說，沒有「地方」放書。我們住在倫敦河口碼頭附近的兩層樓小房裡，每一單層只有雙室，外附一個迷你水槽。我爸爸是個失業的碼頭工人，我的母親識字，但是父親不識字，外公外婆也是文盲。我也不知道自己究竟是從什麼時候開始想望書本、佩服那些雅好文學人士。有一次我過生日，爸媽為我從市場裡買了一本書，華爾布爾的《奧托蘭多城堡》，實在很難看得懂。我也說過了，一直到進海軍服役之後，我才知道什麼是書評，都是休柏特・福克斯帶我認識了大仲馬——《基督山恩仇記》——還有狄更斯、康拉德，以及許多我從來不曾聽說過的作家，像是達爾文、高爾斯華綏、馬克思等人。我開始讀短篇小說——約翰・麥斯菲爾德、契訶夫，還有凱瑟琳・曼斯菲爾德，此外，我也開始讀詩，不過，我發現詩作很難懂，其實到現在也還是抱持這種想法。休柏特・福克斯是我的良師，而且也真的是我的啟蒙者，是他（我不確定是不是他，也可能是哪個海軍上士？）這麼告訴我——「永遠不要自告奮勇，裝備永遠不離身，永遠不憋尿。」當然，當我在戰末準備退役的時候，也是他鼓勵我要進大學念書。「有獎學金正等著你們這些人，」他說，「快去拿吧。」不過我一直很懷疑，難以想像自己「也有權利」拿獎學金，一直到進入遴選委員會審查資格之前，我都不敢樂觀，不過，最後我還是拿到了。那時候我在倫敦東區的波爾區青少年法庭當辦公室小弟，我的部門主管大力反對，他這麼告訴我，「如果你去念大學的話，以後誰去當清道夫？」他認為我就是個廢物，不過，我自小生長在逆境，一定要努力才會有所成就。我天生命苦，彷彿讓我在年少時期提前接受磨練，引我走向我未來從軍之路，我註定和別人不一樣。有名必須在手臂上纏掛金色穗帶的主考官問我，「要是你身著我們這種軍裝、走在自己家鄉的街道，大家會怎麼說？」我回答，「他們會以充滿敬意的語氣稱呼我軍官，『你真是太走運了！』」

反正我沒有理會部門主管的話，還是以退伍軍人的身分、在倫敦政經學院註冊當起學生，拿到了證書，最後，讓我到了紐西蘭的康福德。

請原諒我叨唸自己的事，這種機會並不多，但今年畢竟是猴年，根據我阿姨的說法，我是在猴年出生的，本命年多聊聊自己的事，也是理所當然的吧？

還有一件事，也可以佐證我阿姨的說法，雖然我自己也不知道為什麼會這樣：在我父母過世的時候，我哥哥和我一起分家產，除了家具之外，還有一個母親的遺物，黃銅做的三隻小猴子——「非禮勿聽，非禮勿視，非禮勿言」。我哥哥湯姆問我，「你想要留家具嗎？」因為湯姆想把家具送給他一個需要的朋友，我回答，「當然不用。」所以我拿到的是那三隻小猴，我唯一的遺產。

我對於語言一向沒有天分。在大學的時候，幾個小時的課對我來說簡直是無比漫長，然後，還得花時間將自己的想法轉化成書面文字、交出每週的心得報告，我真的是沒有辦法，緊張不安，痛苦掙扎，但我想起來我在海軍服役時的精神導師，休柏特・福克斯，他告訴我他得花三個禮拜的時間、才完成他第一次的書評，他還告訴我他對於「字詞和語言的艱苦夾纏」（我猜這種說法應該是出自艾略特），所以我繼續堅持下去，我得花上六個半小時的時間、也才只能完成一頁，至今我依然無法從容下筆，總是無法文思泉湧。但休柏特・福克斯是出身德文郡的貴格派教徒，的確是位有貴格派風範的鬥士。

取得倫敦政經學院的社會學科證書之後，我開始在倫敦擔任假釋官，不過薪俸實在少得可憐，根本買不起書。不過，現在我已經讀了許多小說與詩作，我現在依然求知若渴，對我來說，它甚至比新鮮空氣更重要。我還發現，就算是詞藻有待大量修飾的小說，也是揣摩與理解人性的來源。我到處投履歷，地點包括了加拿大、香港、南非、印度、澳洲，後來偶然得到一個倫敦的面試機會，讓我到了紐西蘭去工作，那年我二十七歲、到康福德擔任保釋官，也終於讓我平生第一次有能力買書。

在康福德工作兩年之後，我又到了威靈頓，在監獄部任職時，我又以在職生的身分進大學念書，也轉到心理系開始正式攻讀學位，我拿到獎學金，開始從事監獄心理專家的工作，之後又在大學裡擔任變態心理學科目的講師，並成為教授。對了，在紐西蘭大學時期，有個人對我影響甚巨，一位社會學家，拉夫．查維斯，他實在是個很可愛的人（他讓我認識了喬依斯．卡里，以及羅伯特．崔赫的《衣衫襤褸的慈善家》），拉夫也是一名貴格派教徒，他還帶我進入了中國古詩之門。

在週六返回威靈頓的長途巴士上，我盡量不要揣測審判結果，但是安德魯斬釘截鐵的預言確實讓我很心煩，如果在那一餐之後，安德魯還能活到現在、看到我現在寫的這些東西，他也已經是超過百歲的人瑞了。陪審團的愚蠢和不明事理，會到什麼程度，我也並非不清楚，而且，我也知道要是有陪審團成員看到受害人的照片而昏倒，其他成員也心證已成。根據驗屍警醫的資料，那老男人的頭被打得稀巴爛，此外，一名出庭作證的辨識專家也指出，兇手攻擊力道極為兇猛，鮮血噴濺，有半個煙囪那麼高。勞倫斯告訴我，他曾經力圖阻止在開庭時展列那些照片，但是法官拒絕他的要求。如果是安德魯審理這個案件，我的感受可能會大不相同，他曾經在二次大戰的時候、與毛利人部隊並肩作戰；他了解毛利人的習俗以及「土地先民」的觀念，但是其他法官卻對此相當陌生。他不只理解「竊盜故意」犯行的意義，他也懂得「無竊盜故意」的意義，所以他才能夠秉持良知、將那名偷走戰爭獎章的男孩無罪釋放，安德魯基於本能、完全能夠體諒被告取走玻璃櫃裡的獎章，純粹出於他無法克制自己一生中從未體驗過的感受。我猜，自己一直想到這個案例，是因為這小孩並不是個白人後裔，而是個毛利人，在三個月大的時候，依照毛利人的傳統，送到了塔拉那奇部落的某一伯叔家撫養。很奇怪，他總是讓我想到了休伊。

我講出了「殘虐」這個字，依然讓我很懊惱。我是資深專家，本來對於自己的修辭能力相當自豪，可以因應法庭的需要、將最齷齪下流語言轉化為合適證詞的能力。我曾經有個當事人，被大家描述為「愛發牢騷的他媽的大混帳」，但我是這麼向地院法官介紹，被控竊盜罪的被告，「性喜抱怨」、「個性稍嫌活潑的人」。只要通曉門道，這絕非難事。好，那麼我為什麼會拋卻自己一生所學，任由自己說出這麼不負責任的話？當時我並不老，才六十六歲（我現在八十二歲），難道我忘了自己的專才？

我告訴自己，這年紀也可以效法安德魯，在公眾場所爆粗口了。

勞倫斯不愧是勞倫斯，完全不在意，「契斯，小瑕疵而已啦。」他還說很滿意我的證詞，這是他的主要證據來源。不過，這是因為他好心善良不點破，但我自己也很清楚，其實我使命未達。

坐在巴士裡頭，我半睡半醒，恍惚之間我看到整個法庭鬧哄哄的，休伊被兩名法警架住了，因為他本來想越過欄杆跳出去，但是法警及時制住他。然後，勞倫斯出現在我面前告訴我，「休伊說你根本不相信他的話，真的嗎？」

我醒來時全身是汗，手裡抓著拐杖、斜落在雙膝之間（我一定是睡著的時候緊抓拐杖，但是自己卻毫無意識）。是真的嗎？或者是因為我懷疑休伊，也開始自我懷疑了起來？

莉茲貝絲到車站來接我，載我回家。我們吃了一頓晚午餐（希臘式沙拉和自製的小茴香種子麵包），用完餐之後，我又隨她一起前往考特尼廣場的超市。其實買東西我幫不上什麼忙，但我只要多加探詢，還是可以負責選酒——我通常知道自己要喝什麼酒——而且還可以幫她提重物。莉茲貝絲膝蓋不好，在二次大戰那個時候，她穿的鞋子根本不合腳，從此膝蓋受傷，一不小心就會失去平衡、摔倒在地上，如果我們一起走在外頭，她得扶著我的手臂作為自己的支撐。大家都以為我得靠她走路，事實上卻剛好相反，實在有趣。我們在家也是由她負責處理金錢和銀行帳號，而烹飪則是我份內的工作。

我們夫妻倆在晚餐前小酌一杯，就在這個時候，電話響了，是她的表弟布比從墨爾本打來的，兩個人用德語聊得非常開心。莉茲貝絲講完電話後問我，

「四個英文字母，意思是『急於隱匿』，是什麼字？」

「妳不是剛玩完填字遊戲？」

「對，但還剩一個猜不出來，我想應該是『躲藏』，hide，但是不合。」

「妳是怎麼拼的？」

「哎呀呀，查理你好聰明，我拼錯了，拼成hied，難怪。」

幾分鐘之後，她又開口問我，「那個男孩呢？」

「誰？休伊．唐斯頓？」

「對，就是那個男孩。」

「很好玩，妳居然這麼叫他，因為勞倫斯也是叫他『那個男孩』。他現在二十二歲，個性有點孤僻。不過我很驚訝的是他頗有教養。雖是貧困家庭，但和氣有禮，父親個性嚴格，但似乎很照顧小孩，但為什麼要拋棄七歲的休伊？」

「你說那是處罰。」

「我是說，把小孩交給家族的其他成員撫養，這是毛利人的傳統，當然可以接受，但葛蘭並不是他們的家人。」

「你說那男孩是毛利人？你沒告訴我這件事。」

「哦，這個嘛，可以說是，也可以說不是。」

「你的意思是？」

「呃，感覺上是毛利人，但不知道為什麼，又有些不一樣，也可能是他的家人很特別，其實我不確定。」

「你說他有『教養』，這又是什麼意思？」

「很有禮貌。」

「你怎麼知道？」

「我們坐在小房間裡面談的時候，他不小心開了個玩笑，跟我失明有關，我覺得他反應很快，但他馬上覺得很不好意思，還立刻向我道歉。其實他不需要跟我說對不起，那真的只是小事一樁。他不算有定性，我的意思是，還沒有發展成熟，這案子有意思。」

「為什麼？」

「很值得玩味的案子，他以前從來沒有這麼殘忍待人。」

「是他自己說的？還是勞倫斯說的？」

「他說的。」

「他當然會這麼說，你說是不是？」

「他在念小學的時候，曾經出過一些事。他似乎突然暴怒難耐，對著教室丟桌子，不過，這起事件是發生在他被送到葛蘭那裡之後。」

「所以你想說的是——」

「他的父母還是不知道，他從來沒有告訴他們為什麼他要殺了那男人。休伊因為燙傷留下的可怕疤痕，所以在學校裡被百般嘲笑。有個老師曾經看過一群男孩將他推倒，每個人都對他猛踢，但是休伊站起來之後，也就只是默默轉身走開而已。」

「你怎麼會知道這件事？」

「法庭審訊紀錄。無論他出了什麼事，總是要想辦法隱藏自己，他似乎根本不相信任何人，心中總是充滿懷疑。他無法忍受大家不喜歡他，所以他總是自己承受，一切逆來順受，不相信任何人。不知道他是怎麼面對的，但是人腦能夠培養自我防衛的機制，我一直對這種議題很感興趣。」

「查理，希望你不要陷得太深。」

「啊？怎麼可能？這個案子再幾天就結束了。」

莉茲貝絲好一會兒沒說話。這是她的典型反應之一，自覺氣氛凝重，開始伸手梳髮，目光飄向空中，我眼盲心不盲，一切了然。

她說，「我實在搞不懂，為什麼這種案子可以讓你這麼投入。」

我怎麼以前都沒發現呢，原來在凝神傾聽與聽見之間、心領神會與了解之間的鴻溝居然如此巨大，就連對莉茲貝絲這麼聰慧的人來說，也不例外。我得要解釋一下，莉茲貝絲出生於匈牙利，那是一個被迫得體諒外國人的國家，不過，有時候我真的懷疑她是否有聽到我說的話。

「查理，反正你自己也說了，下個禮拜就都結束了。」

接下來的這幾天，充斥著例常性的緊張行程，我們這些在上帝等候室裡徘徊流連的衰老哺乳類動物，對這些再熟悉不過了，預約看病看牙（我的）還有義工工作（她的），莉茲貝絲有固定排班，要在週一開車、載貧民前往馬斯頓葬儀社，她一個禮拜要去收容所兩次。當週我還去參加某一個為期兩天的會議，發表關於自殺防治的論文，到了問答時間，有位遠道而來的老同事起身發問，我在回答時也舉出了休伊的例子，當然，我沒有點出當事人的姓名。之後我們喝茶閒聊，繼續交換意見，她也談到自己的專攻領域，「鄉村價值觀」，而且也舉了某個家庭為例，這一家人全都和氣有禮、務農勤懇、老實可靠，但是卻有著傷痛過往，兒子在十一歲的時候在衣櫃裡上吊身亡。

「大家都不明白為什麼，」她說，「父親後來才發現是他造成了這起悲劇，他坦承自己曾在以前打過這小男孩。」我靜靜聆聽，沒有說話，不知道她接下來會說什麼，「他告訴我，『我以為大家都這樣，要是小孩玩得過火，就應該好好修理他們。』」

我不知道這個故事是否左右了我對於休伊的看法，不過，當我後來向勞倫斯提到這個故事的時候，顯然他倒是受到了影響。那個會議始於週三，也就是宣判的前一天，我依然憂心忡忡。週四下午，勞倫斯從法院打電話給我，陪審團駁回情境再現的辯護理由、以及勞倫斯的激憤殺人主張，休伊因謀殺罪被判處無期徒刑。

「他們討論了多久？」我問道。

「幾乎快五個小時。」早上十一點過後，陪審團退庭商議，下午四點半正式宣判，勞倫斯說其中一名女性陪審團成員，也就是坐在前排的那位年輕女性，在法官宣判時不禁流下淚來。在勞倫斯掛上電話之前，我趕緊請他寄給我當地報紙的報導，以及法官的結案陳詞。

「我很開心，」當我告訴莉茲貝絲這個消息的時候，她是這麼說的，「很遺憾你輸了，但是我很開心，畢竟已經結案了。」

「我覺得太可怕了。」

過了一會兒之後，她問我，「勞倫斯會上訴嗎？」

「親愛的，我不知道。」語畢，我走進廚房，就是不想講話，也不想煮原來準備好的大餐——朝鮮薊心加蠶豆配檸檬蛋汁——這原來是要拿來慶祝勝訴的。我對於最後結果並不感意外，但是卻很沮喪，而老安德魯的預言成真，倒真是讓我覺得大吃一驚。

「我就知道。」我大聲嘀咕，他的預言我記得很清楚，「持斧兇手」，再來，他們就會把他妖魔化（安德魯是對的，「持斧兇手獲判無期徒刑」是第二天地方報紙的跨版大標題）。

「你說什麼？」莉茲貝絲跟著我進入廚房。

「沒什麼。只是安德魯．哥爾特跟我講過的話，關於兇手持斧的事。我有跟妳說我和安德魯一起吃晚餐吧，怎麼了？」

「你沒說他用斧頭殺人。」

「那是砍柴斧，放在火爐前面，所以他拿起斧頭砍人。」

「我的天啊，你們怎麼能幫那禽獸繼續上訴！」她走出去，但又再次進來，「對，他當然會上訴，勞倫斯擅長的就是這個，幫人脫罪，大家都這麼說。」

「妳是從米瑞安丈夫那裡聽來的吧。」米瑞安是莉茲貝絲的猶太人朋友，她的先生是國會議員。

勞倫斯左右陪審團很有一套，也因而為他贏得「紅髮律師」的稱號，在康福德，這是稱讚之詞。

我沒多想，把朝鮮薊心從冰箱裡拿出來，但隨即又放了回去。

「你應該先煮球芽甘藍，早該吃掉了。」她叮囑我。

「我討厭球芽甘藍。」

我在考慮煮蘑菇加瑞可塔乳酪的義大利麵，但是乳酪聞起來有酸味，或者熱點咖哩來吃也行，但我對臘腸和馬鈴薯泥也膩了。最後我選了兩瓶酒，在鍋裡丟了些蔬菜和幾片吃剩的臘腸，加了一大堆醬油煎熟，莉茲貝絲很討厭醬油味，然後我又切了點黑麥麵包，這就是我們的晚餐。當天真是氣氛低迷，我們兩個人都喝多了，我還在廚房煮東西，莉茲貝絲已經開始喝了，當我想要放下惱怒情緒、靜默不語的時候，她卻又開始痛罵勞倫斯。

「真希望你可以講點話，」她說，「你這個樣子真的很討人厭。勞倫斯當然是在編故事，才能為他的當事人脫罪！你什麼都不說，就等於是默認了，還是你有哪些事情沒告訴我？你放醬油幹什麼？我知道你剛才煮東西的時候不想跟我講話。」

「妳不也這樣。」

「所以我們才會當夫妻。當然，他一定會上訴，也好，祝他好運。但勞倫斯不應該把你再捲進去了，就因為我們都退休了，所以大家都認為我們沒事做，我是說認真的，上次你處理一個上訴案件，最後累倒在床上，整個人不成人形，而且，你最後還是輸了，查理，我們已經不再年輕。」

「我知道。」

「你馬上就要邁入七十歲，下個月就六十八歲。」

「不，六十七歲。」

「你明年受邀去佛羅倫斯，我一直很期待，你也說過歡迎太太隨行。我要說的是，我很清楚你現在想什麼，太可悲了，你會浪費好幾個月的時間，好幾個月哪。」

「但勞倫斯根本還沒有提上訴的事！」

「他遲早會說，相信我，只要他開口，你又會陷進去，我擔心的就是這個。好，我準備出門去了。」

我要是想要繼續回嘴辯白，必死無疑，感情比我們深厚的夫妻之所以婚姻失敗觸礁，也都是因為情分越吵越薄，所以當莉茲貝絲收拾餐桌的時候，我又開了一瓶酒，滿懷心事上床睡覺。

5

我一定是在作夢。午夜時分醒來，上了廁所，回到床上時沒有驚動莉茲貝絲，然後又再度入睡。四點鐘醒來，躺在她身邊覺得很不自在，我不知道自己是不是在作夢，但我知道如果自己繼續躺著不動、不肯轉身去開燈，夢境很可能會陰魂不散；而且，果真如此，有個氣味濃重的陌生人出現在群眾裡，抓住我的手，但我媽媽隨即出現，她望著我，眼裡盡是哀求，我轉向右側，打開了床頭閱讀燈。媽媽總是一再出現在我的夢裡，同時還伴隨著兒時家中煙黑廚房裡的惡臭，煮東西的味道，洗碗槽內水桶裡的潮氣和洗衣皂的氣味，那是我爸爸洗襪子的地方，還有，臥房裡的藥味，我媽媽死在那裡，薰衣草的酊劑，加上帶有阿摩尼亞刺鼻味道的嗅鹽，我不喜歡這些味道，只想要盡快擺脫這場惡夢。

伸手的那個男人個子矮小，像隻迷你葉蟬，但是卻精實強壯，戴了頂爛肉丸形狀的帽子，氣味可怖，黯然閃爍的雙眼，充滿好奇，他將自己的手掌怯生生地放在我的手上，彷彿以爪探人，以指甲搔刮著我的皮膚，如猴一般摩擦撫弄，然後突然大力抓住我的手腕，似乎很信任我。

不是休伊，我很確定。

第二天晚上，相同的夢境再度出現，接下來的那個晚上，亦復如此，而我的媽媽總會突然出現在夢裡，兩個畫面交融在一起。等到我醒過來的時候，那男人已經離開，但我母親臥室裡飄散出來的藥味，卻宛如隱隱發作的頭痛或是鞋子裡的小石頭一樣，依然揮之不去。

我不知道其他的盲人要怎麼作夢，大家經常問我這個問題，就算我不想談這個話題，但那些好奇不已、或是很熟的朋友卻還是想要追根究底，「你會作彩色的夢嗎？」或者是，「你作夢的時候，會看到什麼東西？」再不然就是，「你吃東西的時候，怎麼知道盤子裡裝的是什麼東西？」（很簡單，「我怎麼知道盤子裡的食物是什麼？」我告訴他們，「可以靠鼻子聞。」不過，有時候我覺得煩，我會這麼告訴他們，「除非我看得到，不然我也不知道。」這個時候他們就不知如何反應了。）我認為除了母親的那一段之外，我的夢境和別人的也沒什麼不同。這個奇怪的巧合應該與被埋藏的記憶有關，或者，很可能是與被壓抑的記憶息息相關（我討厭這個）。

與其他人相比，我的童年記憶相對模糊多了。十三歲那一年，我參加了童軍之後，就此告別童年，當時是一九四〇年夏天的不列顛戰役，我被疏散到郊區，我不記得媽媽那時候是不是已經生病，爸爸那時在國土防衛隊，當炸彈開始不斷轟炸倫敦，大我五歲的哥哥湯姆也加入海軍，被送到加拿大去受訓，我那時也被疏散到了德文郡。事情似乎都在一瞬間爆發，十三歲，還穿著短褲的年紀，但過沒多久之後，我卻就此告別家園。

在德文郡的時候，我和另外兩個同樣是莽撞少年的倫敦男孩，一起住在托基，某間由老寡婦所經營的宿所——她人很可愛，但是卻很嚴厲，是個很特別的浸信會教徒。她熱衷傳道，很清楚惡魔的所作所為，而惡魔指的就是我們這幾個臭小孩。我們在軍事設施上方的懸崖頂玩得無法無天，而且也不肯吃她做的牛脂布丁，但她對我們卻十分體諒，她知道這就是魔鬼在作祟而已。她有個年輕姪女，名叫迪德莉，我在當海軍的時候，還曾經偷偷把她帶到普利茅斯船上的床鋪。

我還記得自己曾經住在托基附近的某處童子軍營地，負責看管一個出身感化院的小孩，名叫汪斯德，他因為偷竊而必須接受感化。「契斯尼，你要管好汪斯德，他現在正在假釋。」童子軍團長這麼叮嚀我，「什麼叫作假釋？」我滿腹疑問。汪斯德雖然年紀比我小，但我很快就開始跟他學壞，他教我怎麼吃蝸牛，我們一起用小鍋煮蝸牛，我在他身上學到怎麼擲骰子、玩銅板賭博遊戲，他也教我性愛技巧，要如何攻入女孩的裙下、而且不會讓對方懷孕。有天晚上，我們偷偷潛入附近的某處軍方營地，有個技師小組正在那裡露營，我們偷了一台腳踏車和防毒面具（第二天晚上我們又偷偷還回去，而且沒有被人發現）。汪斯德這個人大膽有趣，我想，我對於假釋工作、以及災後倖存者心理病徵的興趣，應該就是從這個時候開始的。

放學之後，我總會在碼頭玩好幾個小時，弄得全身髒兮兮的，還偷偷坐霸王船——除此之外，我依然記得從泰晤士河上傳來的焦油味，還有，駁船停泊的黑壁碼頭的搭接板、被踩踏時所散發的單寧和樹脂屑的香味——其實，這算不上什麼快樂的童年。單調沉悶的日子，沒有全家人一起出去度假，我媽媽十歲輟學，爸爸十一歲輟學，只要我笑我外公不會讀寫，他就會立刻劃十字聖號唸唸有詞。不過，我越來越懂事，我開始會講話會聆聽，也仔細注意周遭環境，這間小小的房子裡，曾經住過十一個人，我的父母，我哥哥湯姆，我的外公外婆，還有姨丈和阿姨，他們的三個小孩，因為那時候他們找不到工作。要是有人掉了東西，無論是一條小帶子，還是菸草盒，或是小刀，我一定找到失物。我的鼻子一生下來就有點彎（大家以為我斷過鼻樑，其實不是），但是我確實善於觀察周遭動靜。

我印象最深刻的事情之一，就是外公在每週五從當鋪帶回來的懷錶。它有個銀色外盒，有彈簧棘輪與秒針，在刻度盤的一點鐘位置還有控制桿，外公特准我幫忙上發條，再讓他於週一清晨帶回當鋪去。

另外，還有一段記憶也十分深刻，有一次外頭的防空警報響了，但我不想下去躲到防空洞裡頭，哥哥湯姆對著我大吼大叫，「你是怎樣？耳聾了嗎？」「才沒有！」我對他吐槽，「我哪像你？」我繼續問他，「聽不到跟看不到，哪一個比較慘？」湯姆說，「我寧可當瞎子，也不要當聾子。」但我卻告訴他，「要是你看不到，才真的是生不如死。」

現在回想起來，我又看到自己當初在冬日下午、手裡拿著書，從街燈下走回家的身影，我那時候必須要勉力睜大眼睛，才能看清楚書上的字；我也記得自己從街道進入屋內的時候，必須以手握拳、上下左右搓揉眼部，才能適應屋內的光線，也不知道為什麼眼前一陣模糊，餐桌與餐椅無法對焦，只能呆站在那裡聽著自己的心跳，等待桌椅與廚房門的線條再度成為清楚的直線。我從來不覺得有哪裡不對勁，也沒有特別出過什麼狀況。從大太陽底下進入屋內，努力適應光線的改變，我以為大家都是如此，這是稀鬆平常之事，就像是成長過程裡的一部分。

有一天，我放學回家，媽媽站在廚房裡，表情令人費解，「你看看這是什麼。」她說的是桌上的小包裹，外頭是牛皮色的包裝紙，還有「皇家郵政」的戳記。

「兒子，這個東西，」她說，「是郵差送過來的。」

媽媽跑過去，一隻鞋子還掉了，露出腳踝，「打開啊，」她對著我笑，「快來啊。」這是她之前訂的書，我拆開繩子和包裝紙，她脫下圍裙、坐在餐桌前看著那本書。她慢慢翻著書頁，嘟起嘴唇，眼睛出現驚喜的光芒，睜得大大的，那本書的書名是《居家法則與家庭》，她是靠茶包優惠券才得到這本書，這很可能是自聖經之後、第一本來到我們家裡的書。

後來，這本棉質藍布書皮、硬背裝訂的《居家法則與家庭》，成了她的聖經，她一章接著一章仔細閱讀，反覆推敲，食指緊緊壓在書頁上，到了夜晚，等到我上床之後，還會聽到她和我爸爸在討論內容，我爸那時候還有工作。

「你的尺在哪裡？」有天她開口問我，那時候她在看的章節是要如何處理空間狹小的問題。我打開書包，拿出十二英寸長的木尺，她一把抓過去，隨即開始測量廚房，我想她瘋了吧。

「妳在幹嘛？」我一邊問她，一邊跟在她後頭，進入另外一個房間。一樣，她跪在地上丈量前廳的地板，隨後她又上樓去，「哦，兒子啊，」她又走了下來，「書上是說……」

她把尺放下來，整個人靠在桌子上，手臂伸得長長的，然後將頭轉向水槽，迅速點頭、又搖搖頭，嘴裡唸唸有詞。

「兒子啊，我們家真的是太小了。」

我們家不算小，除了廚房和水槽之外，樓上還有兩間臥房，面朝街道（種有蜘蛛抱蛋）的前廳，而且除了週日下午有客人來訪之外，我們從來沒有使用前廳的習慣。與路上的其他房屋相比，我們家真的不能算小。但是，對我媽這樣一個可憐的老實人來說，我們家已經違反了住家法律，而且，這還是書上寫的話。她變得沉默寡言又焦慮，深怕因為違規而被提起告訴，她早上也不出門去市場了，只是坐在前廳，大門深鎖，從蕾絲窗簾後頭望向街道，這個狀況持續了好幾天，我跟湯姆說，「得要想點辦法才行。」但是我們又能怎麼辦？

我不知道自己應不應該寫這個，因為這是我想要擺脫的惡夢之一。有天一大早，我偷偷下樓，把書拿走，我是趁大家都還在熟睡、摸黑起床，趕緊把書扔到河裡。我回家的時候，猛力將門關上，還故意弄翻椅子，然後衝到街上大吼大叫，「小偷！有小偷！」（我故意還多偷了家裡幾樣東西，一起扔進河裡），這一番吵鬧之後，父母也不得不對我半信半疑，父親本來想要報警，但母親卻求他不要。她是不是就此鬆了一口氣？我不知道答案。湯姆恍然大悟，知道是我幹的，但是我們早有默契，我逼他要保守祕密。湯姆不會打我的小報告，但這就麻煩了，因為當大家發現書不見的時候，怪罪的人是湯姆，我爸爸用皮帶狠狠修理他一頓，好可怕，但是湯姆依然沒有洩漏口風，所以，這個惡夢一直讓我喘不過氣，我沒有機會坦白了。

惡夢陰魂不散，有時候是書掉入河裡的時候，媽媽怔怔望著它落下，等到水花濺起，她側臉看著我，露出解脫神情。還有的時候，她躺在床上盯著我，眼光乞憐；同時空氣中還有阿摩尼亞的氣味，那張床正是她斷氣的地方；我想要向她解釋，為什麼要拿走《居家法則與家庭》這本書，都是為了要拯救她，但是我一個字都說不出口，驚醒之際，眼後留下一抹紫色殘跡，喉嚨痛得要死。不過，我現在已經對這些夢境瞭若指掌，知道它們何時要欺矇我、玩弄我的記憶、將十歲小孩的莽行扭曲成虛幻與寬恕的惡夢。那時候我究竟是十歲多抑或是十一歲多？我已經不記得了，隨後戰爭到來，我被疏散到郊外，離開家園。

第二部

6

勞倫斯打電話告訴我判決結果的幾天之後，又再次打電話給我，想與我在國會大廈碰面。勞倫斯要到威靈頓出差。他是政府評鑑司法體系的智庫成員，要到國會處理公務。我們約在國會大樓行政區的咖啡館見面。

「契斯，有收到我寄的東西嗎？」

審判結束之後，勞倫斯寄了封正式信函給我，除了感謝我的投入之外，也隨信附上法官最後一天的結案陳詞。勞倫斯也列舉了他認為法官犯下的三大錯誤，我推測這應該是他提出上訴的理由。他也寄給我好幾份醫療報告，其中包括獄方工作人員、心理醫生威爾森的訪談紀錄。我來不及聽取托比．威爾森醫生在法庭裡的證詞和交叉詰問的部分，也與他本人失之交臂，不過我知道他是位權威，等我看完報告之後，更對於他的仔細周詳、以及實事求是的態度感到十分敬佩。他好幾次故意設下陷阱，比方說，休伊自稱曾經在某場學校橄欖球賽的上半場、演出觸地得分。托比雖然繼續訪談下去，但後來又伺機而問，「你說自己曾經在下半場得分，想必你一定很受大家的歡迎。」「不不，不，」休伊連聲糾正他，「是上半場，那場比賽唯一的一分。」

我先謝謝勞倫斯寄送資料，隨後又告訴他，「莉茲貝絲說你會上訴。」

「哦。」

「你還沒確定之前，她就已經鐵口直斷你會上訴。」

「請轉告莉茲貝絲，我笑了，」勞倫斯挪了挪椅子，我感覺到他在左顧右盼，注意隔壁桌的客人，我記得他以前就有這個習慣。勞倫絲有美洲豹的氣質，不過在他年輕時候，前額的一綹紅髮卻讓他看起來像是隻黃金獵犬。他的外表極其醒目，非常寬闊的肩膀，軟塌塌的，他在法庭裡不須提高聲量，也能處處流露絕佳的專業態度與自信、展現他優越的一面。私底下，我認為這男人情感強烈澎湃，總是壓抑克制自己的聲音，以免洩漏出自己真正的想法，其實他是一個好奇心很重的人。

「哈，契斯，她猜錯了。我知道你可能會不高興，但我不上訴了。哦，如果要上訴，理由當然很充分，光是煽動這一點就足夠了；因為法官的確在誘導陪審團做出有罪判決，嚴重偏見，他也沒有點出我們的專家證據無可質疑——無論是你的證詞，或是托比．威爾森的都一樣，檢方找不到任何人可以提出反駁。好，我當然可以繼續下去，提起上訴，這麼說吧——機會不明——但先假設我們上訴能夠成功好了，打贏了，重啟審判，再來呢？如果沒有新的事證，或是發生什麼驚天動地的事，我絕對不會讓這孩子和他的家人再來一次，不然，另一個法官只會給我們相同的判決，這也是意料中事，你要相信我。喂，契斯，你講講話啊？」

「我還能說什麼？」

「抱歉，我也知道你會不高興。」

我心想，當然。

「我真的找不到合適的理由繼續上訴。」

「那就找別的理由，有個理由很明顯不是嗎？」我回他。

「哪個？」

「我認為他以前遭受過虐待。」

「等我一下……我的眼鏡，」我聽到旁邊出現聲音，顯然有人專程送字條過來。「抱歉，他們又要開始了，我得再過去一趟。」

勞倫斯正在特別委員會出席作證，我點點頭。

「如果是真的，那就太好了不是嗎？」勞倫斯繼續說道，「不知道這男孩小時候是不是被性侵過？對，我一度也曾經這麼猜想。如果你記得的話，我找過他的小學校長，不，那個時候你還沒到。校長在法庭裡告訴大家，休伊開始丟課桌、變得難以管教的時候，他也曾經想要找出原由，所以他打電話給休伊的父母，讓這小孩接受心理評估，還把他送去健康生活營，評估一做再做，都沒事，但問題依然沒有解決。對了，他現在被嚴密戒護，已經轉送奧克蘭監獄——說來你一定不信，這是為了要『減緩囚犯數目過多問題』，休伊現在被關在帕雷莫雷摩，嚴密戒護，第四區，真是糟糕。法官曾經出手阻止，但沒有成功，休伊的父母要怎麼去那裡看小孩？反正，當我一聽到他得轉獄的時候，我馬上就去看他，因為我心裡有跟你一樣的疑問，契斯，但答案還是一樣。」

「你去探視過他？」

「對，在康福德。」

「轉獄之前？」

「沒錯。」

「因為這件事而去找他？」

「對。」

「直接開口問？」

「對。」

「我懂了，你趕去康福德找休伊，『乖，我問你，如果我講錯，再跟我說，你家人在你七歲的時候、把你送走，然後遇到壞人在玩你屁股？』」

「我用字遣詞很小心。」

「不過你『還是問了』，他可能真的曾經遭受過性侵，你就這麼露骨，我的天啊，虧我以前還給你心理學這麼高分。」

「抱歉，契斯，我一定得要知道，機會渺茫的無期徒刑，我沒有辦法上訴。」

「好，你真該感恩，因為我就當你沒說過這件事。休伊告訴你答案了嗎？當然他不會講。你真的很走運，也不想想檢方在重啟審判時會怎麼拿這件事作文章！」

我以為自己這番話羞辱了勞倫斯，但我錯了。

「契斯，不是只有這樣而已，我又詢問了那位心理學家，也就是請托比．威爾森再看一次他的訪談紀錄，一切都仔細看過了，沒有遺漏，完全沒有任何跡象。托比問了那男孩有六個小時之久，你也記得托比是第一個知道那位神祕葛蘭先生的人，休伊不准他告訴別人，尤其是律師，這些事情你也都很清楚，我們一切從頭再來，但托比的態度很堅定，看不出曾經遭受性侵。」

「他怎麼能這麼篤定？」

「抱歉，契斯，我得先離開了，我沒有說托比很篤定，我只是說，看不出異狀。」

「托比反對你上訴？」

「這是我的決定，我沒有問他這個。」

「你記得他究竟是怎麼說的？」

「他說——你自己不是有托比的報告，詳細精確，托比很想要幫這個孩子。他很喜歡休伊，還說已經很了解他，看不出有被性侵過的跡象。」

「但這都是校長講的，你引述的是校長的話。」

「一點都沒錯，因為托比同意校長的看法。」

「但他是這麼告訴你的嗎？托比・威爾森真的這麼說？勞倫斯，我不相信他會說出這種話。」不過，勞倫斯已經走了。

我一到家就立刻鑽進書房，打開電腦，因為我想再次確定校長的證詞，不過，在此之前，我想再溫習一下那位心理專家的說法：

在這兩星期的時間當中，我一共與唐斯頓先生會面了三次（這是托比・威爾森向勞倫斯所作的報告）。我很欣賞這位年輕人的誠實態度。如果要找出被告的辯護理由，解離性失神是其中之一，此外，也可能是無意識行為。但是我要強調一點，由於我們並不清楚潛藏的原因，所以任何的診斷都不能作為定論。我在最初報告中所提到的情境再現，雖然也還是可以當作辯護理由，但其實也會遭到質疑，無法當作正式的診斷報告。有幾次我提到他有事情隱忍不說，這孩子立刻眼眶泛淚，看起來似乎是要說出口了，但依然沒有，他只是維持一貫的沉默。他對於自己對家人所帶來的麻煩，顯得非常懊惱，獄方工作人員認為他是個很和氣的人，如果不去想他暴力犯罪的那一面……

校長名叫帕爾菲特，他是在第四天出庭作證。他說，他還記得休伊七、八歲時念小學的樣子。「休伊很保護自己的妹妹，」校長回憶道，「其他時候，他都悶悶的，不說話，有時候會突然掉眼淚或口出穢言。」

校長：我們無法了解他的行為，因為他太難管教了，所以我們把他送到心理輔導諮商機構，而且在他父母同意之後，我們也讓他參加了為期六週的健康生活營。

問：你知道他小時候曾經被嚴重燙傷？

校長：我知道，這孩子因為傷疤一直被嘲笑。

問：被奚落辱罵？

校長：是。我曾經想幫忙他，他的手臂和上半身有多處傷疤，我和其他老師討論過，我認為只要在我們能力範圍內、每個孩子都應該盡量得到協助。

問：但是你無法了解他的行為？

校長：對，大家都無能為力。

問：校長，你有沒有想過，他可能在校外被虐待？

校長：你的意思是……？哦，不可能，絕對不可能有這種事！他的家庭一直很照顧他，而且我想我跟這孩子也很親，不可能，要是真有這種事，他一定會告訴我。

「自以為是的蠢蛋。」我喃喃抱怨，關上電腦，走到隔壁房間，莉茲貝絲正在燙衣服。

「頑固迂腐又自以為是的笨蛋！」

「你說什麼？」

「抱歉，親愛的。是不是有東西燒焦了？希望遭殃的不是我最貴的那件襯衫。」

「熨斗有點燙而已，沒事，你剛才在罵誰？」

「因為勞倫斯提醒了我，所以我剛才在聽休伊小學校長在法庭上的證詞，當他被問到這孩子是否有可能曾被性侵過的時候，你知道這校長怎麼回答的嗎？『哦，不可能，』他說，『要是真有這種事，他一定會告訴我』，媽的他最好會告訴你。好，我想出去走一走。」

「也好，但是記得要帶外套，氣象報告說有強風。」

我找了件外套，又在玄關衣架處拿了拐杖，出門前不忘告訴她，「對了，勞倫斯改變想法，他不上訴了。」

關上大門，我開始爬樓梯，到達街面之後，又開始走蜿蜒小路，準備到下方的海灘區。奇峻山坡是威靈頓的一大特色，而虎鐵路正是其中一條山徑。這條路設有扶欄，一共有八十六個階梯，其中有兩個已經破損，莉茲貝絲曾下令，不准我在天候惡劣的時候走這條路，當然，我現在不管了——現在我需要的是挑戰、能將心中不快立刻拋諸腦後，比方說，那校長所說的話。這條路是條捷徑，距離大道只需走個八分鐘，我不需要扶欄，有了自己的拐杖、計算階梯數即可，每一個轉彎、每個坑洞、每個角落，我都知之甚詳，完全出於我的習慣性反應，一切了然於心。往下坡時，我遇到比爾．寇尼施，他是我們的鄰居，「下面是七級強風，」他哈哈大笑，「你一定很喜歡。」他說的一點都沒錯，對於失明的人來說，可怕的天氣宛如我們的食物與水，狂風是上帝的恩賜，是盲人的安適地帶，如果我覺得走累了，可以賴著狂風、順勢前行。

路才走到一半，我已經感覺到空氣狀態發生了變化，樹葉被吹得嘯嘯作響，我的腳趾頭開始不安了起來，眼瞼與毛孔也都感覺到異狀，景色變臉，我的拐杖頭也隨之輕搖。其實，拐杖的功能和大家想的不一樣，它不是為行走而設計的棒杖，也沒有辦法接收聲響的細膩變化。我在失明之前，曾經看過一本關於賀曼的書，大家都知道詹姆斯．賀曼以「盲眼旅人」的稱號行走江湖，他大約是十八、十九世紀的人，在那個時候，大家還不太了解失明。他原本是英國海軍軍官，二十五歲之後才開始失明，當時他幾乎可說是身無分文，而且又孑然一身，但他依然走遍了大半個地球，從西伯利亞到澳洲荒野，都有他的足跡。這本書的作者宣稱，賀曼之所以能夠完成這些壯舉，都是因為他訓練自己的感官去「閱讀地景」。他的冒險故事十分驚人，但是我一個字都不信，不過，現在我全信了。現在大家都認為，失明之後，其他的感官會變得更加敏銳，鬼扯。我的聽力並沒有因為失去視力而變得更好，但是熟悉的聲音卻有了不同的意義，如此而已，我的觸覺也沒有變得更高明，玩樂器的時候倒是發揮功能，技巧精進。就是這樣，總之很難解釋。

曾經有單位要給我導盲犬，我敬謝不敏，我不喜歡身邊多帶個東西，而且，我發現失明之後的最佳自處方法，就是要保持低調，不要讓旁人注意到你。我的拐杖長如牧羊人的曲杖，又細又長，也沒有上色，在人群之中，根本很難發現它的蹤影。

走完步道，到達下頭之後，我穿過主街，右轉。從市中心過來的車流已經開始壅塞，疾風與潮氣從西北方順勢撲來，我猜應該還是會有奮勇之人將小艇推入水中，甚至在游泳也說不定。又走了幾步之後，我的胸口感到一陣重擊，啊，以往可以聽到與海相關的各種聲響，都被強風刮得無影無蹤，拐杖已經不再只是輕搖，偶爾還會激烈左晃右擺，豈止是偶爾而已？其實我必須要牢牢抓著它，運用整隻手臂的力量，宛如把手當成是拐杖的一部分。強風逼得我來回旋身，我小心運用手臂與拐杖的力道，又找回自己的平衡感，呼吸開始勻暢，那些熟悉的聲響又回來了。當我吸氣的時候，也能感覺到它直抒胸臆，你記得當自己航行海面時，小船橫板所發出的美妙吱嘎聲？你躺在吃水線以下的鋪位，當船隻划水前進，所聽到的聲響？當盲人進入大自然、連身上的毛細孔也全在豎耳傾聽時，這些感受就會油然而生。我站在大道上，聆聽海浪演奏的樂聲，還有海邊矮欄杆下方泳者的大呼小叫，隨後，我繼續上路。

勞倫斯這樣是「不對」的，我這麼告訴自己，校長也說「錯」了，大家都「搞糊塗了」。而我以為在強風中走一段路，可以好好散心，也是大錯特錯，幾分鐘之後，我到達伊凡斯灣，雨勢來得兇急，我搭上公車回家。

時間悄悄又過了一週，某天，我從大學辦公室回到家裡，手裡提著購物袋、進了廚房。雖然我已經正式退休，但還是在大學裡留了一間辦公室，每個禮拜會過去一趟，我喜歡接觸年輕人。當天是星期五，安息日，雖然莉茲貝絲沒那麼虔誠，不過，我總喜歡在一週將盡的時候，為她好好煮一餐。對了，莉茲貝絲是猶太人，其實，應該要算半個猶太人。週五，是我固定大展廚藝的日子之一。

我本來想要燉魚，但魚肉不新鮮，超市裡的青蔥又太溼軟。我手邊倒是有幾份用布拉耶點字法印出的食譜，最後決定要以希臘式料理法處理，加上檸檬汁，再以蘆筍尖綴飾盤邊。我不知道莉茲貝絲人在哪裡，今天不是她的義工日，她比我晚一小時左右到家，隨即鑽進書房，然後又出現在我面前。

「蘆筍看起來很好吃。」

「我準備好了帕瑪森起司佐味。現在要請妳幫忙，因為食譜上寫『帕瑪森加含羞草』，但我擔心含羞草會毀了這道菜。」

「希望你別介意，」她開口，「我看了你電腦裡的一些資料，法院的作證紀錄。」

「什麼時候？」

「今天早上你一早出去的時候，沒關係吧？」

「當然沒關係，審判早就結束了。」

「你的證詞好棒。」

「謝謝。」

「不，我是認真的，至於那個檢察官——」

「他叫史派羅？對吧？」

「我不知道，他們名字不是都差不多？我要說的是，我不懂最後法官對陪審團所說的話，他聽起來似乎想要盡量持平公正，但就我聽來，簡直是挖東牆補西牆，我不懂法律面的東西。對了，那個調味醬的含羞草其實指的是形狀而已，等到你把蛋黃從花嘴裡擠出來的時候，看起來就像是含羞草小花。我可以幫忙，但我們先坐下喝一杯好嗎？我想問你一些事情。」

「問吧。」我們坐到隔壁房間，我請她有話直說。

「你可不可以告訴我，為什麼這個案子結束已經兩個多禮拜、幾乎快三個禮拜了，你卻還一直陷在裡頭走不出來？」

「這句話是什麼意思？」

「你睡不好，緊張兮兮，會突然發脾氣。半夜起床，如果不是到隔壁房間，就是直接出門去。昨晚你還在講夢話，這男孩到底怎麼了？」

「我已經告訴過妳了。」

「你只告訴我，他以為自己打死的是『另外一個男人』，這不是我要聽的理由。」

「這真的是難解的謎團，沒有人知道他為什麼要下此毒手。」

「所以『為什麼』不就變得更加重要嗎？聽好，你自己也說他以前被虐待過，你連講夢話也都在說這件事，這一陣子大家都被虐待，好流行，是不是什麼最新的韻律操招式？查理，我想知道的是，這個案子本身的價值在哪裡？」

「妳要問我走這一趟值不值得？其實我自己也不確定。」

「如果這案子把你折磨得這麼慘，應該還是要搞清楚才是。」

娶聰明女人當老婆的危險之一，就是每分每秒都得為自己辯護，真討厭，尤其，她現在說的一點都沒錯。

我回她，「好吧，我盡量努力。這個案子同時牽涉到情境再現與殺人，我從來沒有遇到過這種案例。」

「所以很獨特？」

「對，很獨特，但要怎麼說呢？每個案子都有它的獨特之處。我不是律師，但我認為，如果陪審團可以接受『情境再現』作為殺人案的辯護理由——」

「你的意思是？」

「這個嘛，司法史可能會因此寫下新頁，我不知道是否曾經有陪審團接受以情境再現和創傷為由、據此認定被告是因為激憤而殺人？不過，這妳應該要問勞倫斯才是。我們怎麼會說到這個？」

「哦，我也覺得奇怪啊。」

當天稍晚，我們共進晚餐，她又開口問我，「他們是怎樣的人？我說他的父母。」

「我沒見過。」

「你一定多少知道一點吧。」

「真的沒有。好吧，勞倫斯印象最深的是他爸爸的帽子，有屠宰場的味道。這位父親顯然是在農場之類的地方工作，剪羊毛什麼的。」

「沒有人提到那男孩的媽媽。」

「根據勞倫斯的說法，也是辛苦人。那個爸爸曾經告訴勞倫斯，『工作越辛苦越好』，我猜正是因為如此，他也疏於照顧孩子，幾乎等於是斷了關係。」

「哦，這就對了。」

「我想也是。為什麼？」

「哪件事？」

「我不知道，百思不得其解，我猜那父親很自責。」

「因為兒子殺人？」

「我說的是把兒子送走。我之前告訴過妳，父親不知道兒子小時候發生的事，對於拖車裡發生的事情一無所知。」

「排骨好吃，查理，你應該多煮排骨才是。」

我又問她，「妳怎麼突然那麼有興趣？」

「哦，因為這個案子很奇怪，你說過，他心裡想的是殺死『另外一個男人』。」

「對，角色轉換。」

「意思是？」

「他置換了兩個人的角色。當我和休伊在小房間裡進行面談的時候，我聽他描述事發狀況，而當他提到死者的時候，他說的是『葛蘭』，而且，一直說的都是『葛蘭』，他非常緊張不安，十四年之後，終於得以抒發。」

「他會不會早有預謀要殺人？」

「不可能。在警察先前的問話錄影帶當中，他們直接問他，『你是故意殺人嗎？』『是。』他的回答毫不遲疑。但是他當時已經處在情境再現的狀態裡，宛如進入自動駕駛模式。對了，這不是無意識行為，他對於自己的所作所為記得很清楚。不過，我們看看他究竟做了什麼，開車打轉，砸爛公用電話亭，爬到樹上想要自縊。他東跑西跑、四處碰壁，彷彿像是在撞球桌上找洞的一顆球，整個人慌張無措，不可能有預謀。」

7

莉茲貝絲繼續問個不停。我們喜歡一起交流想法，不過，她和我不太一樣，我渴望每天都學到新東西，但她不需要，我討厭霧裡看花找不出真相，但她卻不會像我一樣深受其擾，要嘛置之不理，要嘛就自己生一套說法。但她只要有興趣就會打破砂鍋問到底，這毛病也是跟我一樣，很煩人。

「你沒告訴我他是毛利人。」她又開始發問。

「我『有』講過。」

「沒有，你沒有，他會說毛利語嗎？」

「我不知道。」我回她。

「那他爸爸呢？」

「跳過可以吧。」我不想理她了。

她很堅持，「你不知道？那他的媽媽呢？『她』會說毛利語嗎？」諸如此類的問題層出不窮。

我反問她，「這很重要嗎？」

「哦，有這個可能啊，」莉茲貝絲回我，「難道你不覺得奇怪嗎？一個毛利人家庭居然會把長子送到白人家裡？那個白人是什麼身分。你說過，這個人跟他們家不親。」

「我說過很離奇了，是不是？我不是一直告訴妳很奇怪？」

「不能說奇怪，應該說『特別』。查理，如果他真的是毛利人，我的意思是，那個爸爸，那麼這種做法等於背叛了自己的部落。」

我不記得自己是怎麼回答她的，這問題聽起來無關緊要，不過，我得承認，有時候莉茲貝絲的問題的確會切中要害。說起細節，女人比男人厲害得多，而法庭之上的攻防重點，剛好全在細節裡。

兩三天之後，她又告訴我，「你應該要去找他爸爸才對。」

「為什麼？勞倫斯又不上訴。」

「我知道，你跟我說過了。」

「所以這麼做的目的是？」

「你昨天晚上又在說夢話講這個，我聽得很累了。」

「妳只是想要把我趕出家裡。」

「我是認真的，你搞不好會有新發現。」

「我又不是偵探梅森。」

「派瑞・梅森得坐在輪椅上，但你可以行動自如，只需要走到候車亭跳上車。你說過你喜歡搭巴士的，而且第二天你就可以回來啦。」

「我比較想和阿伯特女士先聊一聊。」我回她。

「我不知道你在說什麼，她是哪位？」

「我寫信給休伊的一位老師，她也出庭作證。後來她打電話給我了，下禮拜她會到威靈頓。」

「不過，你還是應該和那位父親見一面。」莉茲貝絲回道。

狄・阿伯特是從事特殊教育的老師。她當初並沒有在休伊的班上任教，不過，她認識休伊，當時這孩子正在念毛利人學院，距離皮基皮基小鎮約有十五公里之遠。我猜這位老師應該四十多歲，穿著運動服，臉上沒有化妝。她出庭作證時表示，她之所以認識休伊，是因為這孩子經常逃學，每次他逃學的時候，總會在操場上留下腳蹤。有一次，這小孩消失了三天之久，她一路追到了他的阿姨家裡，開車把他帶回父母那裡。之後她就特別注意休伊，要是他沒搭上巴士，也會載他去學校。

她也說，自己曾懷疑這孩子有心事，有一次幾乎他就要說出口了，「但終究還是沒說。」

我們在碼頭邊的咖啡店見面。首先我謝謝她特地過來，然後開口問她，「在電話裡頭，妳告訴我想起了一些事情。」

「對，他寫給我的一些東西。當我接到你的來信時，我想到的是他的父母，你知道他家在哪裡？好。你到了那邊，就會知道他們都是和氣有禮的人，我只去過那裡一次而已。當我離開的時候，他媽媽把我拉到旁邊，悄聲問我，是否知道休伊在寫詩？我想她是不希望休伊的爸爸聽到。其實我本人沒有教過休伊，但是有兩三次他的老師請假，我去代過課。他們的老師叫他們要寫一篇文章，關於獨生子之類的主題吧，休伊有寫這份作業——我帶來了，我讀給你聽好嗎？休伊是這麼寫的，當他回家的時候，覺得自己好可恥，他十四歲了，已經沒有哭的權利。莫西七歲之後，再也沒有掉過淚。艾咪哭個不停，因為她有玻璃眼，她不但有殘疾，而且還是小女生。」

「這是休伊寫的？」

「重點差不多是這樣，我接到你的信之後，就記憶所及趕緊記下來，那時候我印象很深刻。」

真讓人好奇。我說。

「我還記得另外一件事，不過，當然，也跟他當初的措辭未盡相同。有一次，我們在課堂裡討論來世，死後會發生什麼事之類的議題。你知道這雖然是英格蘭教會學校，但也不是只有聖公會的信徒而已，還有摩門教徒和天主教徒的小孩，甚至遠住在尤瑞瓦拉的林格圖教派家庭也會把小孩送過來。有許多寄宿生都是杜好部落的小孩，在這種場合之中，也是杜好族的小孩最踴躍發言，其中有兩三個告訴我他們參加『第十二日』的經驗，當他們還是小孩的時候，就得幫忙老人家拿東西，當小雜工，那有點類似宗教節日，在毛利人的會所舉行，日子是最接近每個月第十二日的星期六，他們會舉行齋戒與禱告。我從來沒有聽過這個東西，但是這些杜好族的小孩滿口聖經大道理，談的都是靈魂永生和失落的以色列十支派，我猜那應該是出於毛利先知魯亞·可納納的說法。當大家正討論得興高采烈的時候，休伊突然站起來，用毛利語說了一些話，大家看著他，全都閉上嘴巴，後來，他卻安靜下來，什麼話都不說了。」

「『好，休伊，』」，我開口問他，『告訴我們你的想法好不好？你覺得我們死了之後，會發生什麼事？』他說，『我們一出生，已跨入了墳墓。』——我發誓，他真的是用跨入這個字，這好像是貝克特說的？是不是？天知道休伊怎麼知道的，但他真的出口成章，『我們一出生，已跨入了墳墓。微光閃爍一瞬，轉眼又成黑夜。』真的像詩，說完，他就坐下來了。」

「教授？怎麼了？」

我不得不把頭轉過去，因為眼裡早已盈滿淚水。我推開咖啡杯，離桌起身，花了點時間整理心緒，我覺得自己置身在一團黃色光暈之中，腦袋裡喧譁吵鬧，彷彿大海正沖刷著我，將周邊的一切都濺溼了。我可能撞到了什麼東西，或是步履踉蹌，因為她抓著我的手臂，小心攙扶著我，「我沒事。」我回答她之後，又再次坐了下來。

阿伯特女士剛才說的，休伊的那一段話，正是我當初知道自己將永遠失明那一刻的心情。

莉茲貝絲後來問我，「後來怎麼樣？」

「你說和那位老師嗎？哦，很好，這次會面其實也沒有解決任何疑團，但是，她卻給了我一些線索，讓我可以繼續追查下去。」

❖

聖誕節的腳步逐步迫近，莉茲貝絲開始忙著裡裡外外的大小事。我們的小女兒莎拉要從吉隆坡回來過節，而到了新年期間，莉茲貝絲的表弟布比也會從墨爾本過來。我猜她應該對這個話題也膩了，但沒想到等莎拉回去之後，她又開始展開火力，有天她問我：

「查理，我猜你最近沒在想那爸爸的事吧。」

「沒有啊，為什麼？」

「我只是在想，你說過那爸爸忙於工作，所以那小孩難以管教，你說他們家裡有四個小孩，那爸爸管不了，但問題搞不好是出在媽媽身上。」

「我想，這和休伊被送走沒什麼關係吧。重點是，他的確被家人送走了，而且無論之後發生了什麼遭遇，他都認定那是處罰的一部分。」

「好吧，你怎麼說都行。其實我還有件事不太確定，不知你認同的是那男孩還是他爸爸的角色？」

「這是哪門子問題？」

但我還是思索了好一會兒，「我想，那個男孩吧。我們兩個有相同的背景——我也在貧窮家庭長大。還有相同的倫理價值，我爸爸和休伊的爸爸一樣，都是嚴父，我曾經在十歲的時候偷過東西，被狠狠修理了一頓。」

「你從來沒告訴過我。」

「我也沒有把這種事放在心上，而且，妳也從來沒有問過我。對了，休伊和我還有一個共同點，我們都是少小被帶離原生家庭，我是由外公外婆撫養長大。」

「休伊不是吧？」

「不是。但他被帶走和這個叫『葛蘭』的傢伙住在一起，我們都被迫與家人分開，但是，他的狀況更慘。」

第二天，莉茲貝絲又想到別的事情，她真的很固執。

莉茲貝絲問道：

「誰是艾咪？」

「休伊的妹妹，應該是最小的妹妹，她有隻眼睛幾乎被休伊弄瞎。」

「你怎麼知道？」

「勞倫斯說的。休伊與他弟弟在後院裡玩板球，小艾咪在玻璃門後頭看著他們玩球，休伊那個時候大約是十二歲，爸爸大吼，叫他們不准玩了，『再一球就好！』休伊大叫，『再一球就好啦！』結果就出事了，匡啷。球打到玻璃門，艾咪頭上方的玻璃片也應聲而碎，她抬頭張望，有個小玻璃碎片濺飛到她的眼睛裡，尖銳的小碎片。她剛開始一直哭，但是大家都不知道為什麼，好幾年之後，她走路會撞到東西，無法判斷準確的方位。我猜，他們家沒錢給小女兒看醫生，嚴重延誤治療時機，我不知道詳情，但是她的確因此壞了一隻眼睛。」

「天哪，這一家人還出了什麼事？」

莉茲貝絲又問道：

「為什麼你可以這麼篤定？」

「什麼？」

「所有的事情。你說過他七歲的時候被虐待，你有證據嗎？」

「沒有。」

「所以只是純粹出於直覺。」

莉茲貝絲又問：

「你自己也知道，靠直覺實在太冒險了。」

「我跟妳說，我才沒有。」

「你這樣很蠢。」

「才不會。」

「那就算是不理性好了。但如果你要是沒有任何根據，那就是犯蠢。」

「心理學靠的正是依觀察與經驗所產生的直覺。」

「這聽起來像是你的泛論而已。」

「這也是一種方法，診斷的方法。」

「顯然這個案例並不適用。」

「妳很無聊。」我回她。

「你記得我們在倫敦第一次見面的時候，你對我說了什麼嗎？」

「當然。妳那時候剛找到工作，不知道頭髮該怎麼弄才好，該留長還是要剪短？拿不定主意，我說，『有問題的話，先洗乾淨搞清楚再說。』」

「所以無聊的人是你，不是我。這句話是不是你從海軍裡學來的？」

「不是，其實是我在童軍時代聽來的，」我告訴她，「托基宿所的女主人說的，她是浸信會教徒。」

「查理，認真點，討論那位父親有什麼不對呢？」

「我們不是早就講過了。」

「我認為你是害怕，所以不敢談，不然你就是擔心自己的直覺出錯，不敢承認自己的判斷失準。」

莉茲貝絲繼續追問：

「你說的『診斷方法』是什麼意思？」

「好，記得阿基米德發現了浮體上升力原理時，大叫了一聲『尤里卡』吧。一開始的時候，那只是某種直覺或是抽象的觀點，只是一種方向，之後才會導引出確切的佐證。這就是工具，鑑識心理學家要是沒有這個本事，也不可能有什麼具體成果。」

「但你不是鑑識心理學家，你是做臨床研究的。」

「一樣，原則完全相同，都是要靠大量的觀察累積。這不是主流觀點，不過，我記得當我到紐西蘭之後，開始進出監所與醫院，也隨即發展出根據觀察而建構出的一套理論——走廊上有人經過，我可以描繪出他的心理特徵，馬上可以分辨對方究竟是精神變態還是精神分裂。單從他們走路的樣子，我也可以判斷出那個人是否有精神分裂、或是癲癇病患者，抑或是裝病的人。醫生們剛開始都笑我，但等到他們做完評估，卻承認我大多數的判斷都是正確的。」

「哦，但是如果要證實假設無誤，你必須要有確定證據吧。」

「當然，必須要有獨立確證，不然一切也只是淪為空談。」

「沒錯。」

莉茲貝絲問道：

「搞不好他又在重蹈覆轍？」

「誰？」

「那位父親。」

「講清楚一點吧。」

「把苦往肚裡吞。你說過這個爸爸很自責，日以繼夜工作，只為減輕苦痛，你還說他買不起到奧克蘭的火車票去探監，他一定心情很低落，就和你一樣。」

「我覺得他不會想見我。」

「你知道他住哪裡嗎？」

「我知道那個小鎮的名字，迷你小村落。」

「打電話給他吧。」

「沒辦法，電話不通。」

「你有打過啦？搞不好他現在有手機，你有沒有問勞倫斯？那裡一定有郵局或小店什麼的。」

「鎮上是有家小店，但是他們不給號碼，他們說，要找他可以寫信。」

「不過你說他沒辦法讀寫，對嗎？親愛的，你親自去一趟就對了。」

我說，「你要送我過去嗎？」

「你忘了嗎？我在馬斯頓葬儀社每週都有固定排班，搭巴士有什麼問題嗎？」

「沒有。只是要坐五個小時。」

「乖，快動身吧。」

8

我搭上巴士，已經事先連絡了勞倫斯提過的某位養羊農夫。當他聽到休伊涉嫌殺人的時候，立刻挺身而出，「他自己打電話給我，」勞倫斯說道，「聲音聽起來頗有教養，他說他想為休伊出庭作證，在刑事案件中，這種狀況非常少見。」

這個人叫作伍德豪斯，出身南坎特柏雷，不過他年輕時就移居到北島，並且娶了某個康福德當地家族的女兒。他的農場佔地約有六千英畝，座落於皮基皮基的山坡地後方。我打電話給他，並且作了自我介紹，「我很樂意提供協助，」喬治・伍德豪斯這麼告訴我，「請您留宿一晚，我會帶您過去。」我搭巴士在康福德下車之後，又轉乘普通慢車到達火車站，那位農夫到站接我，第二天晚上我才回到威靈頓。

「順利嗎？」莉茲貝絲問我，「有沒有遇到那個爸爸？」

「他不在家。」

「哦，好可惜，所以沒見到人？」

「大概看到十秒鐘左右。我們六點鐘到那裡去，他剛好回來，隨便抓了點東西吃，又趕緊出去了。他得要上夜班，顯然是得做兩份工作，好可憐。不過，這趟旅程也不能說是一無所獲，我倒是和那男孩的媽媽有說上話，他媽媽在家裡。」

我回到威靈頓的時候，已經很晚了，手上還抱著一大束玫瑰，那是喬治的夫人，梅蘭妮．伍德豪斯堅持現剪、要送給莉茲貝絲的禮物。「哦！『那位』伍德豪斯！」莉茲貝絲驚呼，「她很有名哪！」顯然梅蘭妮．伍德豪斯是位享譽國際的玫瑰花栽培專家。

我們夫妻開始聊起這趟旅程，還有伍德豪斯這一家人，「妳一直覺得『我』很偏執，」我說，「那妳真應該好好聽聽喬治．伍德豪斯怎麼說休伊的爸爸。每一年羊毛剪收季結束的時候，大家都已經收工，但是這位爸爸會回來，仔細清理羊毛剪理廠，這是他的專屬權利，絕對不能讓別人動手。他整個人趴在一堆大便裡，出來時的味道簡直像糞坑一樣。他用小推車把羊大便推出來，勻鋪在花園的土壤上，真的是工作狂。當休伊還小的時候，爸爸會把他帶在身邊工作，剪羊毛、趕羊群，養活一家人。等到剪完羊毛之後，這個爸爸又會回去敲喬治的窗戶，『還有沒有其他的工作？』喬治說，他第二天還會出現，凌晨四點敲他的窗，叩叩，又把喬治吵醒，『還有沒有其他的工作？』顯然，他真的是很需要錢。」

「你住在他們家？」

「對，住在喬治家，他們是很討人喜歡的一對夫婦。喬治猜想那位父親付不起電話費，所以他弄了支免付費電話，讓休伊可以從奧克蘭監獄打回來。」

「很可惜，居然沒機會和他爸爸講話。」

「我說我第二天早上可以再過來，但他看起來興致不是很高，他說他們第二天得要去探望住在別處的女兒。」

「他是不是在敷衍你而已？」

「有這個可能，但是看起來不像。他們住的那個地方很有意思，小村莊，友善的小聚落，有酒吧，小商店，地方博物館，甚至還有一座高爾夫球場。村裡每個人看起來都很和善，大家也都認識休伊這一家人，不過，當你向他們打聽的時候，卻問不出什麼東西，大家都不太清楚狀況。」

「顯然他們是低調過生活，我知道有些家庭是這樣沒錯。」

「哪裡？歐洲嗎？」

「紐西蘭也有。」

「可能是猶太人家庭，中國人也有可能，但他們都有自己的理由。對了，妳猜得沒錯，這對父母不會說毛利語。」

「但你不是說休伊念過毛利語的學校？」

「對，皮基皮基位於康福德的山上，那間毛利學院在山的另外一頭。休伊大約是十一歲入學就讀。其實，那位爸爸進門的時候，我有問過他問題。」

「所以你有和他爸爸講到話。」

「只有一會兒，他的防備心很重。我猜休伊應該有拿獎學金，所以才能去念那所學校。他很想念毛利研究，至少一開始是興趣濃厚，這是他媽媽說的，所以我又繼續追問下去，『後來好像沒興趣了？』我問他們，但媽媽什麼都沒有說。而爸爸從桌邊站起來，『我告訴他，我給你自己選擇，想讀毛利語，你就去念，但是我也跟他說，有個條件，你就甭想回來這個家了，也別想討價還價！』這個爸爸口氣很激動。」

「我不意外。」莉茲貝絲回道。

「是嗎？他怒不可遏，離開餐桌、從冰箱裡拿了東西之後，立刻就衝出去了。」

莉茲貝絲頓了一下，「你知道嗎？在我心目中，那個爸爸的形象和你描述的有相當的差距。」

「怎麼可能？我從來沒有描述過他的模樣啊？」

「略顯嚴厲，幾乎像是個小猴人，身材矮小。你說你夢過他，這就是我的印象。對了，那媽媽呢？」

我說，「現在我很想去那間學校看一看。你說那媽媽？我很喜歡她，她讓我想到狄更斯筆下的護士，怡人的氣息——『特殊香味隨微風飄送而來，宛如仙女飄然現蹤的吐納氣息』，情感豐富的親切護士的氣味——」

「我不覺得這是狄更斯的護士，他書裡的護士都很可怕。」

「好吧，那媽媽不是這種人，她有種溫暖的粉粒味，像是浸在牛奶裡的鬆餅。我到他們家的時候，她剛好在浴室，為我們開門時還向我們道歉。那時候她一定也無法穿上太多衣物，她身上也不斷散發出溫熱氣息。她講話很輕柔，一開始我根本聽不懂她在說些什麼，原來她忘了把假牙裝進去。她一直拿出休伊和兩個女兒的小時候照片給我看，她忘了我眼睛看不到。」

「『他們長大之後，都離開家裡了，』她這麼告訴我，『剩下的也只有照片了。』我真的很喜歡這媽媽。」

「聽起來她見到你滿開心的。」

「對，我也覺得。她說，那晚出事的時候，他在值夜班，他，就是老男人，她都叫休伊的爸爸是老男人，好像他沒有名字似的。半夜，差不多兩點，才從外面回來。她說，老男人一上床，就感覺胸口出現一陣重擊，『像是傷口一樣痛。』她是這麼描述的。他趕緊衝到女兒的住處，看看她是否安好無恙，因為她剛生小孩，所以他以為是女兒出了事，但沒想到三天之後——」

「好離奇啊。」

「對，這三天當中，他們什麼都不知情，屍體也一直躺在地上。雖然警察曾經到過小屋察看狀況，但是他們並沒有察覺異象。你知道他們為什麼會過去嗎？我告訴你，因為死者的車子。休伊開走了他的車子之後，驚慌失措，想要把車子賣掉，但是車籍資料卻不合，顯然有人通報了警方，所以他們到小屋去，想找尋車主的下落，但是卻沒有想到應該要進屋查看，真天才。所以沒有人發現屍體，直到休伊在第三天打電話給他爸爸之後，大家才知道有這起兇殺案。」

「事情經過就是這樣。」我暫時作了小結。

「媽媽還有沒有提到其他的事情？」

「說的不多。」

突然之間，我覺得好疲倦，我知道自己任由那媽媽講個不停，我也沒仔細聽。我們一起坐在廚房裡的小凳子上，地板有些傾斜，小凳搖搖晃晃的。這是個溫暖的傍晚，屋內窗戶緊閉，廚房裡的空氣窒悶難忍。和這位媽媽近距離接觸，再加上她的溫暖氣息，以及燙襪和其他的氣味，讓我又回想起自己小時候住在碼頭的情景。我爸爸早上出門之後，我就會到廚房裡，坐在他的柳編小凳上，看著對面的媽媽為週日中餐切理蔬菜、一邊聽她講故事。不過，我猜休伊從來沒有和他媽媽如此親近過，他比較喜歡和弟弟打打鬧鬧，或是和妹妹們出去玩。媽媽說，休伊總是很保護妹妹。

莉茲貝絲開口，「你累了，這趟旅程很有意思，我看得出來。不過，其實沒什麼重大的進展，對嗎？」

我想起來休伊媽媽當時說過的一段話。如今，十五年過去了，我依然記得很清楚，她說：「這小孩喜歡刷牙。」當初我一聽到這句話，心中不免相當好奇，因為你以為媽媽應該說出「他喜歡踢球」或是「他喜歡吃糖果」之類的話。但也許我記錯了，可能是老師說的也不一定，狄．阿伯特，對，是她說的，和那媽媽根本沒有關係。這位老師曾經到休伊的阿姨家、準備把逃學的休伊帶回去，當她敲門，阿姨前來應門，「對，他在這裡，我會把他帶過來。」阿姨又隨即說道，「進來吧，他在浴室裡頭，八成是在刷牙。」阿姨又補充了一句，「這孩子愛刷牙，好玩。」

究竟是媽媽還是老師說的？我想，也不重要吧。真正的關鍵是，我有注意到這件事嗎？我指的是那種對清潔的偏執，也許是種暗示，我那時候有沒有好好留意？可能是沒有。我應該要早點發現才是，當初我怎麼能這麼篤定？以為自己的直覺正確無誤？

9

整起事件依然陰影幢幢。我想要知道休伊的長相，想知道在他母親給我看的照片中、那小男孩是什麼模樣，彷彿能藉此探知他的心思，打開那苦苦困纏我多時的謎團。現在呢？他長大之後又是什麼樣子？二十二歲的他，是否還有著傷殘的外貌？當年燙傷的傷疤好了嗎？休伊一直在懺悔（「我將痛悔一輩子」……「希望能拿我的命換回那老傢伙一命。」）但是，他的自責有讓別人看到嗎？是否真切誠懇？休伊的說話聲調很輕揚，每句話的結尾都顯現出這種特色（不過他的話並不多），不知道為什麼，我猜他腳有點曲彎，是個跛腳。

其實，他身體很結實，勞倫斯說的。

敢情我是伏首案前、編造懸疑情節的小說家？但我也不能靠直覺來編寫情節，這樣的邏輯亂成一團，實證推論也完全說不通。

有天，莉茲貝絲跟我說，「我覺得那爸爸快崩潰了。」

「啊？」

「就算不崩潰，也會生病。」

「為什麼這麼說？」

「罪惡感，因為他想要減輕罪惡感。」

我心想，現在又是怎樣？

「查理，我想不出還有什麼其他的理由了。你說那父親因為兒子的緣故，把自己搞得很可憐，不斷自我犧牲，你還一直提到『葛蘭』這個人，還有拖車裡傳出的可怕凌虐聲響，但會不會拖車裡根本沒出過這種事？」

「搞不好根本沒有拖車？我覺得你把很多事都當成理所當然。」

「再給妳一分鐘。」

「只給妳一分鐘！」

「有沒有人確認過、真正確定有那台拖車？如果根本沒有呢？如果當年慘劇的發生地點不是在拖車裡？而是在他們家裡？你說過那位父親曾經因為男孩偷竊而教訓過他，『教訓』？他抓起小孩掄牆，對，他出手打人，法庭紀錄裡有寫。你認為這只是第一次嗎？你自己也說過，處罰『一再』出現。」

「哎呀，難道妳覺得——」

莉茲貝絲不說話了。我覺得如鯁在喉，呼吸困難，我得要好好坐下來才行。

她開口道，「我得出去一會兒。對了，我忘了告訴你，勞倫斯昨天打電話找你，他說有事情想要向你請教，但也不急，我猜他是想找你聊天。」

「和這個案子無關？」

「我不覺得。我們兩個聊了約有十分鐘，他說，有人找他出馬競選康福德的市長，你聽說這件事了嗎？我哈哈大笑，我說那只是一場勞民傷財的遊戲，又聊了一會兒之後，我把自己的理論告訴他，要好好追查的人，應該是那個爸爸。」

「不會吧！」

「為什麼不行？又沒差。」

「他怎麼說？」

「聽起來很好奇。」

我舔潤舌頭，然後開口問道，「勞倫斯聽完妳這番話之後，他怎麼說？」

「我不記得了，他什麼都沒說，只是專心聽我講話而已。」

❖

會是「爸爸」嗎？

等到她出去之後，我沉思了許久。我告訴我自己，這種想法真荒唐，但我依然在腦海中反覆思索。莉茲貝絲總是有辦法推翻別人的假設，而且還把她的想法悄悄滲入到別人的潛意識裡頭、無法消解。好，這個爸爸的確很嚴厲，這是休伊的說法，「嚴厲的人」，然而我以為這是父子親情，某種深厚的感情，牢不可破。這名父親顯然是「教訓過」小男孩，但這究竟是什麼意思？當然，在兇殺案發生之前，父子一定發生過激烈爭吵，所以休伊才會離家，兩人就此分離多時，法庭上是這麼說的，證詞紀錄上所出現的字眼是「毀滅性的傷害」。

「你說『毀滅性的傷害』？究竟是什麼意思？」勞倫斯在法庭裡進行交叉詰問時，曾經問過那名父親，「你們兩個發生激烈爭吵？」

「不，不是，」爸爸回答的態度很溫和，「我們就是冷戰而已。」

勞倫斯接受了這種說詞，也沒有進一步問下去。

根據喬治．伍德豪斯的觀察，這個爸爸是個很聰明的人。他花了五塊錢向俄羅斯人買了台又小又爛的廢車，擋泥板是彎的，有個車頭燈也破了；擋風玻璃是凹的，後座放了個裝汽油的塑膠唧筒，還有條通管直達引擎蓋下方，因為油箱早已蝕爛，無法使用。

好，他為什麼要這麼做？

這位父親的確很抗拒心理分析，好，他也狠狠打過兒子，因為小男孩七歲的時候偷錢；他也曾經把休伊抓起來掄牆，這個人很可能有暴力傾向，但我無法相信他是個禽獸。

我沒有聽到勞倫斯那邊的消息，我也沒有告訴他我去了皮基皮基的事，現在也看不出有告知他的必要性。我花了好幾天的時間、準備獄政改革研討會、精讀法學資料，研究斐濟所發生的違反人權事件（當地又出現了另一次政變），我倒希望紐西蘭政府能展現智慧、再派我去一次斐濟。在這次研討會中，我所負責的主題為「監獄與問題」，舉行的地點在旺格紐伊的貴格派社區。我這一生雖然幾乎都是貴格教派教友，但我並不相信所謂的正統性——我純粹是從個人關係，以及那些我所認識的、敬愛的人，來看待屬靈這件事——我從來沒有去過旺格紐伊的教友社區，詹姆斯·巴克斯特早年也在這裡求學。我雖然接受了此次的委託，但其實心裡不是很想走這一趟。

日子一天天過去，二月的時候，莉茲貝絲表弟布比從墨爾本來訪。二次世界大戰爆發時，他們兩人都在匈牙利念書，蘇聯軍隊在一九四五年進入匈牙利、「解放」人民，他們兩人各隨父母逃到奧地利，進入當地的難民營，就此失去連絡，但卻在二十年之後、於地球的另外一端重逢。布比移民到墨爾本，而莉茲貝絲遇到一個紐西蘭外交官之後、嫁給了他，但在威靈頓分手，他們離婚之後，我在一九六六年遇到莉茲貝絲，一九六八年我們成婚。

三月中的某一天，有個出版商找我，希望請我寫回憶錄。我很抗拒，告訴對方雖然我發表過兩百多篇的論文與文章，但沒有一篇具有文學價值，我也不覺得寫自己的一生會因而有什麼不同。接觸我的這位編輯，是位後現代風格人士，雖然名叫「維多」，但卻明明是女兒身。她似乎覺得貴格教徒就只是會發抖的瘋癲聖公會成員而已；而在她套了莉茲貝絲一大堆話之後，她堅信這個曾經在十四歲的時候勾引宿舍女主人的姪女、還把她偷渡到普利茅斯碼頭海軍巡洋艦上頭的瞎眼貴格教徒，想必有下一個丹．布朗的潛力。「不要壓抑，」她在電話裡這麼說，「全部宣洩出來就對了。」這女人打電話來的時候，我剛好在浴室裡，我勃然大怒。

她根本不知道，我對於書寫自身感情是深惡痛絕！不過，我還是說會勉力一試。我寫了前面幾章的草稿，然後拿給莉茲貝絲看，「真有趣，」她說，「你知道你根本沒寫到你媽媽？」

「胡說八道，好多頁都有。」

「不，幾乎沒有，內容大多是你親愛的外公。」

母親是個溫柔的人，她給了我有生以來的第一本書。我不太記得她的臉上曾經出現過笑容，只有一次例外。有天，她坐在餐桌前削蔬菜的皮，為週日的中餐做準備，她看到我正坐在對面看她，「你在看什麼？」她問我，「妳啊。」我回答。我看到她偷偷露出淺笑，準備要看她接下來笑逐顏開的模樣，「那是什麼？」我開口問她，她頓時收起笑容，我彷彿被人打了一巴掌，似乎笑容是一種禁忌，她犯了某種道德的罪行。

她的篇幅就只有如此而已（莉茲貝絲說的一點都沒錯）。關於親愛母親的臉龐的回憶，迅速變成了她父親的臉孔，也就是我的外公——總是露出單邊嘴角上揚的微笑，然後，我開始寫我的外公，還是有奇怪的地方出現：

我的外公是個領班，他告訴我，他曾在運輸駁船工作，在駁船卸下煤塊、黃麻，以及丹寧萃取物的貨物之後，他和同伴就得開始清理現場。他熱愛碼頭生活，他的故事活潑生動，他的聲音與氣味動人強烈，直至今日，我已年屆七十，這些過往不只是記憶而已，我甚至能聽到這些聲音，這些氣味——運貨馬匹踏在圓石路面的噪音、駁船工人在濃霧中的吼叫、可怕的靴子和狗屎的臭味，以及醃漬工廠傳出的刺鼻醋味。

空氣中充滿著各種濃烈氣味，當剪羊毛工人在清晨停下腳步，從成排高聳的雞毛松林間、眺望山谷裡的薄霧，那些動物的鼻孔也不斷噴發出溫臭之氣。

我停下來，覺得很困惑，我仔細聆聽書房裡螢幕報讀器裡所傳出的字句，然後我走出書房，進入起居室，莉茲貝絲正在和她的朋友米瑞安講電話。我再次回到書房，又審視了一次文稿，聽到我自己當初口述的文章裡、出現某些混淆之處。怎麼說呢？黑壁碼頭變成了皮基皮基的牧羊農場，喬治．伍德豪斯那間靠近皮基皮基的剪毛場，的確可以眺望有雞毛松的廣大山谷，那些宛如人體軀幹一般的樹木，幾乎佔滿了整個地平線。在我的潛意識當中，已經把倫敦碼頭街道區替換成另外一幅紐西蘭中部的景象，休伊的爸爸為喬治．伍德豪斯工作、正拿著電動手剪彎腰剪羊毛。我居然沒發現自己正在快轉人生七十年。

「我快瘋啦！」我大聲嚷嚷。

不過，我依然繼續堅持寫下去，我知道不會引起別人的興趣，也不太可能有機會出版，但我還是要完成自己的回憶錄。

到了四月，出現了改變，或者，更適當的說法，應該是轉換，我現在說的是莉茲貝絲，她正開始換檔，加速前進。

她進入書房，我正在自哼自唱，「法老有個女兒，笑容最是妖豔迷人——」

「我想到了一些事。」莉茲貝絲說道。

「我也是。妳記得那個教我們聖經故事的海軍牧師嗎？我告訴過妳，有奇怪聲音的那個人？我想起來一些歌了，聽好。」

我繼續唱：

「法老有個女兒，笑容最是妖豔迷人，
她在尼羅河畔的蘆葦草叢裡發現摩西小寶寶，
她把娃娃帶回家給爸爸，把他放到地板上，
而法老只是微笑說道，『以前我曾經聽過』——」

「查理，拜託你——」

「亞當是上帝造的第一個男人，我們知道他過著舒服的日子，但是他被抽出肋骨、造出了夏娃……」

「查．理！」

「親愛的，抱歉。」

「我想到了一些事，你給我一分鐘總可以吧。你告訴過我，媽媽說休伊非常護著妹妹。」

「哦，那個啊，對，她說，極其保護妹妹。」

「但怎麼保護她們？你記得她說的話嗎？」

「記得很清楚，她是這麼說的，『他非常捍衛兩個妹妹，』宛如父親一般照顧女兒。」

「你有沒有做筆記？通常你都會寫下來。」

「應該是有，但是我記得很清楚——」

「拜託你找一下。」

「什麼？現在嗎？哎好吧……那時候她說這孩子『有點麻煩』。」

我花了一點時間來回滑尋，終於找到了檔案，還有我和那母親的對話筆記：

爸爸到樹林裡工作。休伊和弟弟在後頭。兩個人玩野了。爸爸不在，媽媽大怒，管不動這兩個孩子——「有點麻煩，男生嘛，你也知道，他們喜歡打打鬧鬧。」

「不是這一段，」莉茲貝絲問道，「那這一段呢？」

「她在講拖車。她說她不知道拖車的事情，我問她，知不知道有個字叫作『空間幽閉症』？」

「聽一下，謝謝。」

我問她是否知道「空間幽閉症」這個字的意思。她不知道，小房間是嗎？她說，休伊堅持睡在窗戶下方，而且窗戶和大門都要打開。

「繼續，好，這裡出現了——『女兒』。」

「艾咪，壞了一隻眼睛的那個女兒，沒其他的了。」

「繼續。」

「就只有這樣而已。」

「這裡，『他很保護別人』。你可以再回頭一點點？就是這個——『他非常捍衛兩個妹妹』。」

「我們都知道，這裡只是重複——」

「不，不只這樣，查理，仔細聽。」

非常保護兩個妹妹，她說，休伊會問她們，「有沒有發生什麼事情？」宛若父親的口吻一樣。

「好了。」我回她，「結束。」

「不要關掉。」

「讓我好好工作可以嗎？休伊就只是習慣保護別人而已，她只有說這些，現在可以繼續讓我寫回憶錄了吧？」我的手伸過去，準備要關掉檔案。

「查理！」

「幹嘛？」

「你根本沒用腦袋！」

「不要對我大吼大叫。」

「『我的天啊』！你興沖沖跑來找我分享你的直覺，像內蓋夫沙漠一樣吹送熱風，然後，你又突然冷了下來，就因為你說沒有具體證據。好我問你，『有沒有發生什麼事情？』這句話還不夠嗎？」

「還會有什麼其他的意思？」我不管她，繼續埋首我的回憶錄。

回憶有兩種，一種是完整的，另一種是破碎的，我的是第一種。我還記得自己在威靈頓參加的第一次審判，也是我在失明後第一次公開現身，檢方請我評估一位篡改帳目的高級政府官員。我準備了報告，十分緊張，所以我全背下來了，整整十四頁，全憑一己記憶、在法庭上陳述內容（後來再也沒有出現過這種事，法官考量到我的視障問題，所以引進新的流程，請別人來為我報讀報告）。

還有另外一種回憶，深埋在潛意識裡的字句片段，當更深層的意識被挑動的時候，這種回憶會不請自返，或者，當你在做某些無關緊要的動作的時候，像是抓脖子和綁鞋帶，它也會出現，而莉茲貝絲的記憶就屬於這一種。

「直覺，」幾分鐘之後，她又回到書房，這時候她已經戴上雙光眼鏡，手裡捧著韋式百科全書。「在一八四九年——我知道我又在煩你，但是這真的很重要。韋伯說道，『在一八四九年的時候，「直覺」這個字一開始指的是解決問題的推進動作。』好，聽懂了嗎？然後，到了一八六五年，著名的倫敦警探強納森．威切運用他『強烈的直覺』找出羅德希爾謀殺奇案的線索，自此之後，大家也都開始使用這種說法，你有沒有在聽？」

「哎好吧——」她闔上百科全書的時候，嘆了一口氣，「查理，我只是想要分享一點個人意見。」

「謝謝，很好啊，」我回她，「麻煩出去的時候記得把門關上。」

那天是星期五，隔天要在貴格教友社區舉行研討會，過了一天之後，我從旺格紐伊回來，一進到起居室，發現莉茲貝絲正在講電話，展露她一貫的開心笑意，然後，我聽到她說，「家和人寧，沒錯。」我不禁心中思忖她究竟在和誰說話。我走進廚房，把熱水壺放到爐上，過沒幾分鐘，她出現了。

「查理，你知道米瑞安怎麼說你嗎？拜託你，我跟妳講話的時候，不要突然走開好嗎？」

「米瑞安說我什麼？我怎麼會知道？對了，如果妳要喝茶，熱水就在那裡。」

「不用，謝謝，現在不需要。米瑞安說，你愛臨陣脫逃，就像是朱利安．巴恩斯書裡的男人，打電話叫了計程車，但等到車子一來，立刻就說不用了，謝謝，你也是臨時改變心意。米瑞安說，『叫他跟著直覺走就對了。』我從頭到尾講的也都是這件事，直覺，直覺，還是直覺。」

「親愛的，都過去了，我說過，我現在只往前看。」

「開什麼玩笑？你不要鬧我。你昨天半夜爬起來，走來走去，不要想瞞我，你進了書房，把門關上，自己又在聽紀錄。」

「親愛的，我是在整理回憶錄。」

「隨便你怎麼說。你有多久沒好好睡覺了？查理，你可能打算一直這樣下去，但我沒有辦法，關鍵是什麼，『家和人寧』，米瑞安是對的，這件事情也影響到我了，她考慮的是我的幸福，不只是你的而已。你為什麼要這麼生氣？你是不是擔心自己的直覺是錯的？好，你現在可以說我在干涉你，隨便你，但你應該要在這個時候去找他好好談一談吧？除了你之外，也不會有其他人去，我說的不是爸爸，我指的是那個男孩。」

「不可能，勞倫斯絕對不會讓——不行，太不道德了，妳這樣『真的』是強人所難。」

「大家都可以去探視他吧？對不對？我不知道究竟是哪裡不道德。」

「反正這是不可能的事，妳忘了，他現在被關在奧克蘭。」

「那就更好了，我想現在應該沒什麼人去看他吧，我開車載你過去。」

「妳又沒空。」

「下禮拜沒事。」

「真的？」我回問她。

「真的，沒騙你。」

「但得開很久。」

「一言為『兔』。」

10

我們夫妻之間有組私人密語，等到你結婚了一段時間之後，自然會因為夫妻之間愛恨情仇所糾葛而生的各種祕密、發展出密語系統，其實，還挺不錯的，只不過會讓其他人不開心，因為他們會覺得自己是局外人。不久之前，我們找朋友來家裡共進午餐，我從廚房裡拿出可麗餅（噴火烈焰可麗餅，我在派對時拿來娛樂大家的把戲），莉茲貝絲突然大喊一聲：「女魔師！」類似這樣的情節層出不窮。當時所有人都突然愣住不說話，不過，我馬上就知道她要說的是什麼，上週六在玩填字遊戲的時候，有個字謎讓我們一直猜不出來（她真的是箇中高手），但她卻在這時候靈機一動想出答案。至於這個「兔子」，是我們婚姻生活裡的另一個小術語，這就需要好好解釋一番了。

多年前，我們住在海港另一邊的海濱區，花園小屋突然起火，波及到一旁的書房，我什麼東西都沒了，包括我所有的小東西，黃銅小猴、個人電腦、錄音帶、參考資料、錄音機……那個時候還沒有發明記憶卡和螢幕報讀器，「書籍使用障礙者」這個字，根本指的就是視障者。一切都毀了，我的損失難以估算，事實上，我等於是喪失了記憶，而等到我發現自己眼前開始出現消退不去的色塊之際，我才知道茲事體大，自己已經陷入嚴重憂鬱。

我是在一九七六年的時候失去中心視力，自此永久失明，當時我和莉茲貝絲結婚已有八年的時間，我已經年近半百。失明，就在一場肺炎之後，那週剛開始的時候，我還能看書，等到那個禮拜結束，我已經完全不行了。視網膜退化已經侵害到黃斑區，而那正是視覺區辨的樞紐部位。在肺炎之前，我多少還能靠雙光眼鏡撐住視力；但是自從那場肺炎之後，我的中心視力完全消失。在病癒之後的幾個月裡，我還有些許殘餘視力，可以勉強看到一些模模糊糊的輪廓，但每況愈下，我再也無法靠眼睛區辨出任何東西，我成了一個全盲的人。通常，我看不到任何顏色，連黑色也沒有辦法。我能看到的東西，差不多就像是你坐在飛機裡、向窗外看著雲團的景象，如果陽光晴朗，雲團也會很明亮，但如果天色昏暗，雲團則是混沌一片。我看不到黑色，只能看到如萬花筒般、不停轉動的無數閃點。有時候，在搭長程飛機所引發的不適，也會讓我看到某種色度，萵苣綠、萊姆綠、藍色，或是深紅、紫色都有可能。而疲累、焦慮，或是憂鬱時也會出現類似症狀。一旦我陷入憂鬱，我就會看到紫色，我不喜歡紫色，所以我會讓它消失不見。對，我可以讓這些色塊隨意來去，變出了萊姆綠或是黃色，然後像畫家蒙德里安一樣恣意玩弄，無論是我坐下來，或是和別人聊天，甚至彈鋼琴的時候，都可以隨心所欲，但我不喜歡這些扭曲的畫面，所以總是讓它們在我眼前消逝。不過，在我的書房慘遭祝融之災後，色塊居然消退不去，這是從來沒有發生過的現象，這些扭曲影像卻堅持不肯退散。

色塊一開始是藍色，後來變成紅色、紫紅色，隨即又轉為藍綠色，像是某種藍色的染料，然後，是紫色，非常飽和的紫色，近乎是黑色，然後就停滯不前，濃紫色，紋風不動。我變得暴躁易怒，很容易生氣，甚至還摔東西，連最喜歡的柳樹圖樣馬克杯都摔爛了。我沒有辦法工作，也無法成眠，整個人陷入自怨自艾的情緒裡，而且還把氣出在莉茲貝絲頭上。

有一天，我接到比爾．阿思托博士打來的電話，他是衛生部心理輔導部門的長官，也是我以前從事監獄心理輔導工作時的老同事。「契斯，我們需要有人去斐濟，」那裡因為受到颶風襲擊，所以有數百人無家可歸，還有八人因此喪命；他們需要有人提供創傷諮商輔導，他問我，「你可以去嗎？」

當然可以。我丟下手邊的工作，在三十六個小時之內，搭機前往蘇瓦。接下來，我又陸續回去斐濟兩次，我不知道自己究竟能為斐濟人做出多少貢獻，但我的確在那裡交了許多朋友，而且在我要離開時的卡瓦歡送典禮上，他們還送我一個花環，裡面有鯨魚的牙齒——大家告訴我，這可說是對外國人的至高禮讚，我的眼盲世界裡的暗沉色塊不見了，憂鬱症也消失無蹤。後來，我才知道那一趟斐濟任務是出於莉茲貝絲在背後煽風點火。

我問她，「是妳打電話給比爾．阿思托？建議他找我去？這一切都是妳的『計謀』？」

「我總是得想點辦法吧，」她說，「事態緊急，你有狀況，我很怕你做出什麼蠢事。比爾告訴我，這份任務有其特殊性，也很重要，但他認為你可以勝任，所以他就打了這通電話。好啦，我總得試試嘛，看看是不是能把你推進洞裡。」

「什麼洞？我早就已經陷在洞裡了，你應該沒忘記，深紫色的大洞。」

「不是那個，我說的是兔子洞。你忘記路易斯．卡羅了，我說的是愛麗絲追白兔時摔進的那個洞，想起來沒有？一切的冒險，就是從那裡開始。」

自此之後，只要我開始閉塞或是迷失方向，她只要說出關鍵字，「兔子」，我馬上就會稍息注意，聽起來有點蠢，不過這是我們夫妻之間的小小樂趣，「家和人寧」也是類似的密語。

沒有得到勞倫斯的許可就貿然行事，我依然心中惴惴不安，但我也一直不敢向他提起，深怕遭到拒絕。真巧，第二天晚上，他就自己打電話來了。

「契斯，」他開口說道，「出了怪事，你記得審判庭出現過休伊的舅舅？雅各舅舅。休伊喊他小舅，他年紀也只比休伊大一點而已。好，不重要。幾天之前，他進到我辦公室裡，他說，『我也遇到一樣的事。』」

我的腦海突然一陣清朗。接著，我聽到勞倫斯的聲音，「喂，喂喂，你還在吧？」

「對，我在聽。」

「契斯，我在想，果然被你講中了。」

「對不起，勞倫斯，可不可以請你放慢速度、再說一次？有人去你的事務所——」

「雅各舅舅，外表長得很普通，他是檢方的證人，話不多。之後，當他走出去的時候，休伊告訴我，『你可以去問他，他知道一些事情。』但是這傢伙不見了，我也忘記這件事。」

「我懂了，昨天你才想起來。」

「對，我那時候忙著和一位當事人講話，但等到我結束的時候，那個小舅又走了，他沒有等我，他只說，『我來是要告訴你，我也遇到一樣的事。』」

「就這樣？」

「就這樣。」

「沒別的？」

「契斯，夠明顯了吧，難道還會有什麼其他的意思嗎？」

「勞倫斯，請你再說一次。」

「你不覺得很令人振奮嗎？我以為你會很激動才是。」

我請勞倫斯再次重複休伊在審判庭時對他講的話，我的耳朵正嗡嗡作響。

「……我想一定是有陪審團成員昏倒的那一天，契斯，你在聽嗎？」

「你說什麼？」

「我說，我到了律師更衣室之後才想起來，但那時候雅各舅舅已經走了。喂喂？」

「我在。」

「你怎麼沒說什麼話？」

「我在想事情。我在想，勞倫斯，你現在終於想起來了。休伊四個月前跟你說的話，現在你終於想起來要告訴我。休伊說，『你可以去問他，他知道一些事情。』但你居然忘記了。」

「抱歉，契斯，你好像有點生氣。我有事想問你，你現在有空嗎？」

「我一直很忙，現在我在寫回憶錄，我的牙齦發腫，還得去配新的助聽器。現在莉茲貝絲還要開車載我去一個地方。如果不上訴，我實在不知道這還有什麼重要性可言。對了，其實我有件事要問你。」

「誰說不上訴的？」

「你自己說的，上次我們見面的時候，你說——」

「那些說過的話就算了。」

「我在想是不是有上訴期限之類的法令規定，你說還來得及嗎？」我聽到勞倫斯倒吸了一口氣。

「來得及，契斯。你不是有問題嗎？契斯？」

「對，我們想要北上奧克蘭，可以安排我們見他嗎？我說的是休伊。」

「我就知道你要問這個。」勞倫斯回我。

11

我們目前正在前往北島的路上，準備朝帕雷莫雷摩前進，莉茲貝絲開口，「希望這次不要再無功而返。」但我只喃喃回了她幾句話。因為我有心事，正努力回想一個夢。有個男人走向我，拉住我的手，他的手溼漉漉的，當時我正坐在帳篷或天棚的木椅裡，地點是毛利人會所或是其他公眾場所，大家擠來擠去，彼此叫喊。這個人不知道從何處出來的，不過，當你看不到，突然又有個聲音吸引你的注意、有隻手抓住你，他不論從什麼地方冒出來都一樣，每個人的位置都飄忽不定，來來去去，一切都在移動，你可能身處在任何地方，唯一辨認位置的辦法就是過往的經驗。我猜一定是下雨了，因為腳踩的地面充滿溼氣，而且他的手，我先前也說過，很溼，那男人味道很臭，他向我打招呼，但當我轉過去問他「您是哪位？」正準備要和他講話的時候，人卻不見了。

我們已經開了三個小時的車，現在正要進入某個小鎮，我猜這地方應該是獵人鎮。我突然開口告訴莉茲貝絲，「有意思。」她因我說話而減慢速度，隨即又立刻加速。她開車開得不錯，但有一點點緊張，可能是因為比一般人晚學的關係，她四十多歲才開始開車。

「我說很有意思。」

「什麼？」

「夢境的力量。我在想勞倫斯說的事，我跟妳保證，我作過這個夢。」

「什麼？在什麼時候？」

「兩三個月以前，群眾裡有個男人朝我說了幾個字，隨即消失不見。我不記得他說了什麼，但很有震撼力。我的意思是，這些夢所帶來的啟示。夢有一種能量，你醒來的時候，依稀記得，結果它成為洞見未來的預兆，它們比所有的真實事件更具有震撼性，在小說裡，現代小說當中，會出現這種情節，妳一定難以置信。」

「你的意思是說，你作過夢、知道勞倫斯轉述那舅舅的話，『我也遇到一樣的事』？我覺得那也沒什麼好奇怪的，而且我猜你和我有一樣的想法。好，我覺得呢，我們還得開好長一段路，才能見到休伊，我覺得現在討論這種夢未免有些虛幻。」

「很高興妳使用的代名詞是『我們』，妳都忘了妳的貢獻：找到那母親說的話。其實這也沒那麼虛幻，我想透點氣，可以嗎？」我拉開車頂天窗，又開了自己的車窗，鄉間的聲響與氣味立刻湧進來，曼格威卡鄉下的新鮮牛糞味！好香！我又關上車窗，「勞倫斯真是混蛋，」我說，「妳知道他怎麼說嗎？一直到雅各舅舅進到他事務所、說了那些話，他才驚覺休伊不是在撒謊。」

「哦，哪裡不對勁？」

「我嚇一大跳，我質問勞倫斯，『你居然一直在懷疑他？』但勞倫斯回我，『有助我排除疑慮。』我真的是被他的話嚇到了。」

莉茲貝絲自顧自大笑，她正準備要轉彎。

「穩住，」我告訴她，「妳為什麼在笑？」

「親愛的，你居然會因為這種話被嚇到？這可新鮮了，勞倫斯是律師啊！我減速了，這樣好多了沒？」她捏捏我的手，「其實你心底還是很浪漫。」

下午，我們到了漢彌爾頓，第二天早上，我自己搭巴士到奧克蘭，讓莉茲貝絲和朋友在我們下榻的新月湖見面閒聊。我已經好多年沒去過帕雷莫雷摩監獄，它位於奧克蘭北郊，是基督教世界裡最早出現的現代化聖堂監獄之一；以最高安全規格防止犯人神奇脫逃，不過我認為它更像是「在一個愚蠢又過度保護的社會中、充滿復仇惡念的紀念碑」（當這所監獄剛開始使用的時候，我曾經在某一英文期刊中寫下這樣的字句），對一個剛進入矯正部門的菜鳥來說，這實在不是明智之舉，而且也真的差點害我丟了工作。的確，在一九六八年的時候，我依然血氣方剛，是個懷抱理想的貴格派教徒，我希望行事不違良知。我曾經告訴威靈頓的頂頭上司，對於那些恨意強過愛意、亟欲想要懲罰教友的人，我也找不出愛他們的理由，時值今日，我的想法依然沒有改變。現在，我正坐在訪客區，等待他們把囚號七六三的犯人帶進來，我知道休伊現在已經開始上電腦訓練教學的樹藝課程，但我很懷疑現在的監獄管理已經有所改善。

「很開朗的一個小孩，」陪我進去的獄警這麼告訴我，我們現在進入了某一空曠之處，可以聽到鏗鏘的聲響以及回音，還有說不出的刺鼻氣味。「他應該是在健身房，」獄警走開去找人了，十分鐘之後他回來，「先生，可以請你再稍等一會兒？我們今天早上有點忙。」

我有先預約面會時間，而且還事先去函，在離開漢彌爾頓之前更打過電話確認。我想要知道那股氣味到底從何而來。莉茲貝絲曾經告訴我她聽到的一則廣播新聞：C區的犯人挾持警衛，而且還燒毀了床墊，揮之不去的氣味，感覺像是燒焦的人肉。我覺得渾身不自在，所以我站起身，來回走動，我應該是這裡唯一的訪客。我這才發現，自從我知道休伊從康福德被移監到這裡之後，自己一直放不下心。

突然傳來一個聲音，「教授，恐怕有誤會，您可以下週再來嗎？」這次是另外一個獄警。

「出了什麼事？」

「我想，下禮拜比較恰當，希望您不要介意。好，現在我送您出去。」

「我哪都不去，」我很堅持，「除非你告訴我究竟出了什麼事。」

「下次來最好先打電話，我已經幫你註明了會面延期。」

「規定。」他又補了一句，這傢伙年紀比較大。我感覺他的口氣裡帶有警戒的意味，我也聽出他的口音，北方鄉下腔調，是個英國佬，很可能來自新堡。

「小老弟，你聽好，你還被你老爸抱在懷裡的時候，我已經是艦隊的高級船員了，他人在哪裡？」

「先生，我已經幫你叫了計程車，」那獄警又把一張紙塞入我的手中，「把字條交給司機就是了。」一個半小時之後，我到達彌道摩醫院，休伊的病床旁邊。

他在多人病房，但病床旁已拉起隔簾，護士告訴我，還不能和他說話。她帶我坐在床尾的椅子上，已經有警察在那裡站崗，我們握手致意，「先生，我好像認識你，真的。」這位警官宣稱他上輩子就認識我了，八成那時候也在獄政司吧。他正在玩填字遊戲，現在我聽到床邊隔簾被拉開的聲音，石膏的氣味撲鼻而來，又過了一會兒之後，隔簾再次恢復原狀，有個男人在我耳邊講話，應該是住院醫生。

「我們得把他的骨頭打上鋼釘，一定得要開刀。教授，等到用完午餐之後，你就可以和他會面了。」

他們幫我送來午餐餐盤，警察吃了我的馬鈴薯，我吃掉他的胡蘿蔔，用餐之後，我們聊了一會兒，氣氛融洽；他的填字遊戲已經填得差不多了，而我也必須要好好想一想剛才在帕雷莫雷摩所發生的事情。

勞倫斯似乎寄了一些書給休伊，先是書籍，然後，又是一台電晶體收音機。休伊到那裡的時候，完全是個菜鳥，根本不知道會遇到什麼事。一開始他還能躲避惡幫騷擾，但不久之前，他已經成了他們的俎上肉——他們要洩慾、他們要香菸、要筆，還有鞋帶，有時候還要他當小工排隊、讓他們先打電話。他們沒有拿走他的書，但是拿走了他的收音機。後來，勞倫斯又送來一台電視機，幾天之後，有兩個強盜強行進入休伊的囚室裡，逼他交出電視機，休伊不從，囚室裡的床是固定的，周邊還有水泥基座，其中一人將休伊的前臂壓在基座上，另外一個人則猛力踩踏懸臂，他的手臂也因此斷成兩截。

當晚獄方立刻讓他保外就醫，醫生本來要切開手臂，在裡頭放入骨板，不過在手術室裡的時候，休伊卻嘔吐不止，沒有辦法打麻醉劑；所以他又被送出來，先好好禁食，然後再準備第二次手術。護士說，因為麻醉的關係，他依然昏沉沉的。

快到下午三點的時候，他們推走隔簾，我們終於能夠說上話。「記得我嗎？」我先開口問他。

「當然。他們有跟我說了，教授，抱歉現在不能跟你握手。」

休伊說，由於他是多處骨折，所以他們得要打鋼釘，現在右前臂以外固定處理，架上了懸臂板，斷骨的上下兩處也釘上鋼釘。石膏的氣味依然非常濃烈，不過，正當我傾身向前、想聽清楚他的話語之際，又出現了他在我們初次會面時所散發的特殊氣味——某種微弱的醋酸味。他的聲調輕快宛若小精靈，告訴我手術的經過，還說他的爸爸媽媽可能會來看他；我也詢問他所上的電腦課，等到這些都講完之後，隨即陷入一陣死寂。

「對了，我是左撇子，」我先打破沉默，「所以我們還是可以握手。」我伸出左手，他也以左手相握，但很快就縮手。我想這正印證了他媽媽之前所說過的話，他對人的不信任感、不願被人碰觸的病理性排拒依然存在，握手的感覺很冷淡。我想要把話題切入到他的雅各舅舅，但顯然是沒有希望了，現在鬧哄哄的，有人正在聽球賽的講評，我居然忘記公立醫院裡的多人病房是什麼情景。警察還坐在那裡，我聽到他對我說了聲「抱歉打擾」。

「現在還不行。」我回他。

「先生，抱歉，我要進去了。」

這次的抱歉聲比較沒那麼客氣了，原來不是警察，而是住院醫生。他走過我旁邊，我聽到他對著休伊講話，然後又開口吩咐某個人，接著是警察的聲音，「好，醫生，我會轉告他們。」醫生隨即出去了。

「他們說我還得在醫院多待一晚。」休伊告訴我。我猜可能是有感染之虞，也可能是傷口腫脹或是神經損害等問題。

我回他，「如果是這樣，那我明天再過來好了。」

我站起來，但又再次坐下，「休伊，你記得那個叫作史派羅的傢伙嗎？」

「不就是那個檢察官嗎？我記得。教授，他把你整得很慘。」

「對，的確是。你記得法官怎麼叫他嗎？」

「不記得。」

「他把史派羅叫成史塔林，他弄錯了。」

「啊不會吧？真的嗎？」

「以後我再告訴你史塔林的故事，」我傾身向前，「休伊，我臨走前要告訴你一件事，你的案子有機會提起上訴，你知道，也只是有機會而已，所以，目前也不必多想什麼。不過，你自己覺得怎麼樣？」

「你是說——不知道，我從來沒想過。」

「好，不妨現在想想看。」

「我在你身邊。」我又說。

「好，」我問他，「所以你覺得呢？」

「哦很好，教授。」

「休伊，你現在又不是在教堂裡頭。講話不需要這麼小聲，你覺得如何？」

「對，很好，真的太好了，很高興。」

「好，我現在告訴你史塔林的故事。他是一個惡名昭彰的英國法官。」

接下來，我又告訴他那個小故事，陪審團團長拒絕起訴貴格派教徒威廉·佩恩，所以史塔林法官威脅他如果不乖乖聽話，就準備被割鼻子吧。

「休伊，你要感謝自己生在這個年代，幸好你不是活在十七世紀。」

「教授，你的意思是，就算上訴輸了，我還是可以保住自己的大鼻子對吧？」

「對啦！」我哈哈大笑，休伊也是，他的笑聲很高亢，像個女孩，我們倆笑得很開心，除了身心煎熬、除了狂暴行為之外，我們之間，已經隱約浮現了一條小小的明路。

12

我第二天早上到達病房，休伊已經被移入單人房。前一晚我已經打電話給勞倫斯，告訴他最新狀況，所以他應該在這段時間裡不知怎麼動用關係，做出了這個安排。

那位警官還在玩填字遊戲，我問他是否可以移駕到走廊上，讓我和休伊可以好好談話。「不過，在我出去之前，」他開口問我，「六個字母，意思是『監禁』，而且不是P開頭，究竟是什麼字？」（不過我猜這是他瞎編的。）

我先問休伊手臂好點沒。

他說了些很含糊的話，大致是說自己已經適應了這個前臂裝貨機。顯然他比之前還更加閉塞，現在他的前臂已經打了石膏。

「休伊，」我開口說道，「現在我想問你一些私人問題，你是不是在一個虔誠的環境裡長大？」他沒有回答，我知道他現在防備心很重。

「你曾經在自首之前，告訴某人一段話，我想那個人是你的表弟——你說，『我犯了罪，第一宗罪。』」

「對，是我表弟奈特，我讓他第一個知道。」

「在你打電話給爸爸之前？好，然後，你爸爸帶你去警察局，我想你應該是這麼說的，『我犯了第一宗罪，道德之罪。』」

「對，沒錯。」

「是這樣，休伊——如果我要告訴我朋友我殺了人，我想我不可能會使用這種措辭，所以，我才問你是不是在虔誠的環境中長大。」

「算是吧，對，我呸。」

我已經許久沒聽到像是我呸這麼老派的說法，不禁讓我露出微笑。

「這個問題，對，我們都是那樣長大的，我舅舅、我阿姨，全部都是，但我爸爸不是。他告訴我，他小時候被強迫不能講毛利語，這是禁令。我老爸是長老教派，我們追隨先知魯亞，也就是師承於林格圖教派蒂．庫梯的魯亞．可納納，我是在林格圖教派的環境下長大，他們說，我也是『聖書之民』的其中一人，不過，這都是我媽媽那邊的親戚說法。」

「那你爸爸那邊呢？」

他停頓無語。

「我爸爸是吉斯人，蘇格蘭人，半個蘇格蘭人。我爸爸是班舅父撫養長大，班舅父也是吉斯人。」

「什麼是吉斯人？」

「吉斯伯恩，不，懷羅阿，班舅父是懷羅阿人。對了，你要知道這做什麼？」

「我很有興趣，休伊。」

「你很虔誠嗎？」他反問我。

「我是貴格派教友。」

「那是什麼？」

我現在得在混亂的訊息中理出頭緒，休伊依然對我的問題充滿疑慮，但我也感受到他的好奇心與興奮感，他想要知道我起的這個話題最後會走到什麼方向。他雖然心生好奇，但我覺得他的欲望還不夠強烈，我不敢冒險把雅各舅舅提到的事帶入話題。我估計自己還有二十分鐘左右的時間，至多也不過一個小時，之後他就會出院、被送回帕雷莫雷摩監獄，我沒有辦法再枯等下去，但也沒辦法單刀直入、逼得他從此閉口不談。後來，我開始講喬治．福克斯，貴格派的創辦者，還有伊莉莎白．佛雷和其他著名的教友，如建立費城的威廉．佩恩，還有大衛．連，以及尼克森總統。

「尼克森總統也是貴格教教友，」我說，「聽到這個會讓人想哭是吧。」不過，他沒有聽過尼克森總統，更不要說是其他人了。我又問了一個關於他妹妹艾咪的問題，但依然無法引起他的反應，我正在節節敗退，我很想要伸手去摸他，緊緊握住他的手、提醒他，我們兩個站在同一陣線，但我很遲疑，最後挪了挪我的椅子挨向床邊，靠了過去。

「你在『幹嘛』？」他開口問我。

我毫不自覺，但我的確嚇到他了。我外公有個習慣，每週一清早，他準備拿懷錶回去當鋪的時候，我注意到他會前傾歪頭，我自小就開始模仿他這個習慣，我覺得這動作可以克服自己天生害羞的個性。多年之後，這已經變成我的習慣，也內化成我人格的一部分，在大學教書的時候，我也會以這個動作引起學生注意；這是唯一讓那些大學生好好看我、聽我說話的方法。現在，我也傾身向前，像個長相奇怪的玩偶在搖頭晃腦，我嚇到他了，但我真的不是故意的，現在，我們的頭幾乎要碰在一起。

有個護士走進來，對他講了幾句話，隨即又離開病房。我聽到休伊拿起水杯，又吞下一些東西。

我繼續開口，「休伊，就某些方面看來，我們跟大家都一樣，我們和其他人有一樣的地方，也有截然不同之處。我想要知道你是怎麼樣的人，也想釐清你和父親的關係，所以我得請你多擔待，誰是班？跟我多說一點你那些舅舅的事。」

「我媽媽那邊有很多的男性長輩，我們在土地戰爭時失去了許多土地，都被強制徵收了。我媽媽是杜好族，班不是，他是那提波羅烏人，大家都知道班．畢多，你知道班．畢多嗎？」

「不是很清楚。」

「班舅父——話說從前，他應該算是我曾舅父吧，你知道莫哈卡大謀殺？發生在一八六九年。我阿姨波莉告訴我的，她很有智慧，是我們家族裡的長老。她說，這是蒂・庫梯的報復行動，因為他們把蒂・庫梯送到查塔姆群島，那個政府，不都這麼說的嗎？『因為這傢伙愛惹是生非』？阿姨說，蒂・庫梯最後不但成功脫逃，而且還在莫哈卡給他們迎頭痛擊。班舅父是政府那邊的探子，站在他們那一邊。大謀殺發生之後，他偷偷潛入蒂・庫梯的營地，發現蒂・庫梯從政府那裡搶來的馬匹。某天晚上，班舅父偷偷放走了畜欄裡的一百五十匹馬。後來，蒂・庫梯想去維卡雷莫亞那的湖濱賽馬，準備要慶祝莫哈卡大謀殺行動成功，但是他卻發現馬廄裡只剩下年老體殘的三匹老馬，原來班舅父後來連其他的馬匹也全部放走了。波莉阿姨對他嗤之以鼻，叫他『叛徒』，她已經死了，但其他老人還記得這件事。我爸爸是被班舅父撫養長大，我是遵從蒂・庫梯的教誨，受洗為林格圖教派的教徒，但我爸爸和受洗為林格圖教派完全無關。林格圖，意思指的是舉高的手，這是我的信仰，我記得我一共受洗了兩次，有一次是在河裡。所以，你就是想知道這些事情嗎？」

休伊又陷入沉默，他難得滔滔不絕，說了這麼多。

我開口問道，「所以他的家人才會離開懷羅阿？搬到康福德來？我是說，你爸爸那邊的人。」

「他沒有提過這件事，不過，他在學校的時候，曾經被堂兄弟整得很慘。」

「是，我懂，因為『叛徒』的關係？」

「應該是吧，他跟白人一樣。」

「叛徒」，與政府謀和者，我懂了。

「所以，你才沒有被送到波莉阿姨或其他阿姨那裡，反而被送去葛蘭家？」

「如果你不想說，可以不用回答我。」我又補了一句。

他再次沉默。

我也陷入語塞，腦海裡十分混亂，一說起這個話題，我的心裡也想到自己的叔叔傑克。我爸爸有兩個兄弟都很早逝，其中一個就是傑克叔叔，他在一次世界大戰時死於伊佩爾一役，另外一個曾經在法國遭到毒氣攻擊，雖然倖存下來，但卻死於戰後一九一八年那場大規模流感。我記得爸爸曾經告訴過我，傑克叔叔在打仗時蹲在地上，等候指令要翻越山頭，他的腿蹲麻了，所以站起來稍微活動一下，沒想到卻成為狙擊手的目標。我憶及傑克叔叔當年蹲在壕溝裡的情景，也不禁聯想到現在休伊的手臂打上鋼釘、正躺在床上，處於混沌未明的狀態裡。

時機，契斯尼，我告訴自己，千萬不要太急促。

但我也應該要趁勢追擊。

我說，「休伊，我有個叔叔，參加了一九一四年的戰爭——」

「哦，對，加里波利戰爭，我有兩個舅父也參加了，但只有一個回來。接下來又是馬里門之戰，克里特島，另外一個舅父也陣亡了。」我心想原來是毛利軍團。

「克里特島，休伊，那位舅父的名字是？」

「威勒姆，威勒姆舅父，我還有另外一個舅父，里奧，他去打了越戰，我們全家都是戰爭史。」

我停頓一會兒，繼續說道，「上個禮拜，你有個舅舅來找我們。」

「哪一個？」

「哈可帕，我記得他的名字是雅各，應該是吧？」

「他是里奧的兒子，所以大家也叫他里奧，不過他的受洗名是雅各。里奧人很好，只是個性內向，他也有出現在審判庭裡。」

「對，你也提到可以找他好好聊一下，應該會有收穫，但是你的律師忘記這件事，所以雅各上禮拜又去事務所找他。」

「為什麼？」

「他沒多說什麼，不過，其實他還是有說一句話——我想聽聽你的意見，他說，『我也遇到一樣的事。』」

我靜靜等待，聽到病床上發出輕微聲響，他稍稍挪移了位置。

「他還有說別的嗎？」

我搖搖頭。

又是一陣靜默。

此時傳出敲門聲，有人推著餐車進來，為我們送上茶與餅乾，隨即又出去了。我們啜飲著熱茶，但我心中不禁在暗罵自己太冒失，時機啊，時機，契斯尼。

他還躺在壕溝裡。

他不肯出來。

病房的門再次開啟，這次的動作比較輕柔，有股氣味飄了進來，阿摩尼亞是嗎？是那位警官，他瞄了一眼，休伊喃喃向警察說了話，和時間有關，他又開始煩躁不安，門關上了，我決定一賭。

「休伊，我想告訴你一件事，這件事我從來沒有和任何人提過。我殺過人，那個人是我媽媽，至少，我覺得是我幹的，其實我不確定，但是我想我應該要為她的死負責。等到她過世之後，我有去葬禮現場。媽媽嚥下最後一口大氣的時候，我不在那裡，等到我回家的時候，只剩下她臥病的那一張床，空氣中瀰漫著阿摩尼亞的味道，他們前一天已經把屍體移走了，我太遲了。她下葬的地方，距離我們所居住的東印度碼頭並不遠，我把鮮花放在她的墓前，我哥哥哭得好傷心，我沒有掉淚，我就是沒辦法，全身充滿了強烈空虛感，宛如自己是個局外人，正在觀看這一切，大家都在哭，只有我沒有，我爸爸也參加了葬禮。好可憐，我覺得她受苦受難，媽從來不知道熱愛生命的樂趣是什麼，我想要告訴她——雖然這世界如此虛假，單調沉悶又令人夢碎，但依然還是一個美好的小世界。但是，當她在世的時候，我從來不曾親口對她說過這些，如今已經太遲了，她在二次世界大戰之後過世，如今我依然夜晚惡夢連連。」

「我也是。」

我挪了一下身體，仔細傾聽，他的呼吸節奏依然很正常。

「休伊，你的是什麼樣的惡夢？」

「惡魔。」

「對，你媽媽告訴過我，你會半夜作惡夢。我忘了告訴你，我到過你家，而且也和你媽媽聊了一會兒，你爸爸不在家。我的惡夢裡沒有惡魔，是和我偷媽媽的書有關，其實這本來也不應該是什麼需要擔心的事，但我就是會一直想，就是因為我偷了這本書，促使媽媽過世，我應該為她的死負責才對。我不喜歡講這件事，我也不知道為什麼現在要告訴你。」

「我得出去走一走。」我站起來，準備要拿拐杖。「在哪？休伊？」

「什麼？」

「拐杖呢？」我厲聲問他，拐杖居然不見了。

「在這裡，教授，不要那麼緊張。」他把拐杖交到我的手裡。我到病房的時候，將手杖擱在床邊，但他挪了拐杖的位置，卻沒有告訴我。

「下次不要再這樣了。」

「對不起。」

「沒關係，我現在講出來，覺得好多了。」其實我覺得反而更糟糕，我的胃開始抽搐疼痛。

「不要走。」

我又坐下來，不久，他開口說話，「里奧是好人，但有點笨，他有時候會撒謊，但有時候——」

他的聲音變了，開始有些渾濁。

「有時候怎樣？有時候會坦白講？你是不是要說這個？」

我等著休伊反駁我，但是他並沒有，我決定直接切入正題。

「休伊，你和那老男人坐在火爐前喝咖啡，那時候已經是半夜了，他在捲菸的時候，他正坐在你的旁邊，然後，你在他面前蹲下去添薪火，發生了什麼事情？你坐在火爐旁生火，手裡拿著撥火棒，等著那男人喝完咖啡，送你回家。然後你說，他伸手到你的面前，要拿那根撥火棒，我覺得事情不是這樣。」

「對，不是這樣。」

「出了什麼事？」

「其實，我的意思是——」

我緊咬下唇，太用力，我知道已經在滲血，這時候，千萬不要說話。

「膝蓋。」他終於說出口。

「他碰你的膝蓋？怎麼碰？」

他的呼吸變得急促，開始用鼻子呼氣，我聞到他鼻子吐出的氣息，流露出他個人獨特的醋酸味，極其濃烈，彷彿伸手可觸，他講話的聲音幾乎讓人聽不見，「膝蓋。」

「他是為了要穩住腳步？走過去，扶住你的膝蓋，讓自己站穩？是這樣嗎？不要用講的，直接做一次，我才知道他是怎麼碰你的。」

「沒關係。」我再次鼓勵他。

這實在很冒險，我不加思索把手伸出去，要去抓他的手，幾秒鐘之後，我才發現自己犯下蠢行，他已經抓住我的手、伸入床被下方，我的手已經來不及縮回來了，我們兩個人的臉幾乎又要碰在一起，他的呼吸已經轉成一陣陣的熱氣。「休伊！那裡不是你的膝蓋！」現在我的手擱在他的大腿內側，感受到他皮膚的溫度、也知道他的肌肉正在陣陣抖顫，他掀開床被，我不記得他有沒有說什麼，但夠了，無須多言。

我感覺床在搖，休伊放開我的手，他正在哭，一開始是無聲流淚，後來是痙攣式的啜泣，他似乎嘴巴閉得緊緊的，雙唇抵著牙齒，然後哭聲從喉嚨深處泉湧而出，一發不可收拾，在整個房間裡竄奔，宛如峽谷河口的巨大波潮，宛如我在吐瓦魯縱火慘案中遇到的某個父親，他遍尋女兒屍骸不著，整整哭了十四天，淚水彷似大浪擊岸，休伊也是這種哭法，他正在為自己失落的歲月哭泣，他像是一隻負傷的獸，淚流不止。

「護士，沒事，」有人突然打開房門，衝到床邊，我趕緊解釋，「他正在跟我講一些事情。」一會兒之後，護士離開。他說了，一切都告訴我了。

13

我是一個超級迷信的人，失明之後，更讓我對此堅信不疑，這應該是得自我父母的遺傳，遇到打雷的時候，媽媽會趕忙劃十字聖號；父親總是會呸個三聲之後才去應門。要是有人說今夜掛新月，我一定會在口袋裡轉銅板（如果剛好有的話）；還有，在應門或是接電話之前，我也會在心裡默唸「一二三」，象徵性踩三步，轉移惡魔之眼的注意力，所以，我也是這麼看待勞倫斯的公事包。

我從帕雷莫雷摩回來一週左右之後，我們兩人在古巴街的某間法式餐館共進午餐，先前我已經寄給他這次的探視報告，也已經講過兩三次電話。

勞倫斯坐計程車過來，他點了洋蔥塔和沙拉，之後又續點咖啡，但是沒喝酒。他說：「你應該會很有興趣，我們上訴有望，」上訴法院的書記官告訴他，我們上訴案件的聽證日期已經排定好了，勞倫斯把他的公事包放到桌上，開始翻找文件，但後來他又把包包擱到地上，「現在找不到，但應該是七月的某一天。契斯？怎麼啦？」

當他拿起公事包的時候，我聞到簇新皮革的氣味，我一張苦臉，皺著眉鼻。

我問他，「你的舊包包呢？」

「哦，那個啊。」

他哈哈大笑之後沒理我，繼續說道，「我想聽證會日期應該是七月中旬左右，你那時候會在紐西蘭嗎？我記得你說好像要去義大利開研討會。」

「不，那是在九月。」

我預訂的是靠窗座位。食物送上桌之後，勞倫斯開口，「我不知道結果會怎麼樣。可能會直接決定上訴，或是先聽取我們的法律依據之後，擇期再核可我們的上訴申請。」

「或是駁回。」我回他。

「對，但不太可能。你也知道，我們的確是晚了幾個月，但這其實沒什麼關係，只要論證站得住腳，無論提出申請的時間有多晚，上訴法院可依書面申請裁定批准上訴，他們需要的是上訴申請的完整說明，我希望你可以給我一份宣誓書，只要你覺得與案情有關的細節，全都寫入證詞裡，要是我們運氣好，他們當天就會決定。」

「畢其功於一役？」

「對，勢必如此，『我們同意古德伊諾夫先生的上訴申請？』能聽到這樣的話是最好，然後，只要他們同意，『好，那就準備審理上訴。』我們就繼續打仗，他們可能會詢問你宣誓書裡的證詞內容，不管怎樣，我都希望你可以在現場，我會提出申請讓你到場，沒問題吧？」

「我沒有問題，那誰要付上訴的錢？」

「我付，別指望法扶了，他們一毛都不會付。契斯，你都沒吃東西。」

「我等一下會吃。你還沒回答我的問題，我剛才問你公事包。」

「爛得不像話了。」

「你丟掉了嗎？」

「沒有，呃，也算是啦。」

「你說那是好運包。」

「對，但去年十一月的時候卻發揮不了什麼作用，你說對吧？其實，現在是我女兒在用，她說她想當上大學的書包。」

「你可不可以要回來？」

「契斯，你在開什麼玩笑？」

「我是認真的，你的物權是上到哪去了？這屬於個人財產，特殊情況下方得繼承，拜託，那是你的東西。」而且，我還引用了海軍格言，「裝備永遠不離身。」

「對，對啦，還有一句，『永遠不憋尿』。」

「難道我以前有告訴過你？好，那我就再說一次，勞倫斯，跟女兒要回你的公事包。」

嚴格來說，那不能算是公事包，比較像是個小背包，爛到不行的小背包，聞起來有蜜蠟的味道，現在已經沒人在用那種蜜蠟。這個公事包原來是紐西蘭首席大法官哈洛德．巴洛克勞爵士的公事包，然後到了勞倫斯姨婆的手上，因為她嫁給了巴洛克勞。不過，那個公事包蓋緣的縮寫，卻不是勞倫斯姨婆先生的名字。當年勞倫斯來上我第一堂心理學的課時，我就注意到了那兩個大寫的字母，「V.R.」，這兩個字母浮凸在圖樣或標誌所組成的紋盾上面，但其實紋飾幾乎都已經模糊難辨，只依稀能看出某個有羽毛的皇冠或冠冕，有一天，勞倫斯告訴了我這個包的來龍去脈。

這兩個字母，「V.R.」，其實是尤漢．馮．拉芬施坦中將姓名的縮寫。他在隆美爾麾下負責第二十一裝甲師團，同時也是在二次世界大戰時、第一個被聯軍擄獲的德國將領，馮．拉芬施坦是在一九四一年的某次利比亞戰役中遭到逮捕，當時他剛在隆美爾總部開完戰略會議，準備要回去，但是卻不慎開入了紐西蘭的軍營裡頭，當時天光乍亮，隸屬於第六旅的巡邏小組發現遠方有台以高速前進的車輛，他們不但立刻追趕，而且還發現裡面的乘員戴著平頂帽、認出了他們是德國軍人——或者（眾說紛紜），是因為發現他們行徑怪異——巡邏小組雖然開了槍，但也不見這些人回口開罵。這台高級長官車裡跳出來三個人，他們也立刻被逮捕。其中有一個體型消瘦的冷靜男子，衣著講究，他自稱是施密特上校，也引起這位紐西蘭旅長的懷疑，而這位旅長不是別人，正是巴洛克勞。他發現那台高級長官車裡有一份地圖，而且這位自稱是施密特上校的人的頸間還有一枚鐵十字勳章，所以巴洛克勞趕緊把他送到師本部的佛瑞柏格將軍那裡。

在紐西蘭總指揮官開始訊問之前，施密特上校還是冷靜以待，對佛瑞柏格鞠躬致意，但不自覺流露出他位居高位的姿態，最後，他還是不小心衝口說出「我是馮．拉芬施坦中將！」

回到第六旅現場，值此同時，哈洛德．巴洛克勞正在仔細檢查這台剛被攔截下來的高級長官車，這位旅長從軍之前已經是位律師，他是個沉默自持的人，曾經在奧克蘭的某家律師事務所見習，總是在勤懇鑽研所有官方文件之後，才以鵝毛筆慎重謄寫為正式法律文書。就某種程度來看，他現在也在做同樣的事，拿著軍用手杖在車子裡四處察看，東翻西翻，後來在後座地板上找到一個空空如也的小背包。究竟是因為那紋章設計吸引了旅長的目光？抑或是勞倫斯的姨公基於本能而想要據為己有？勞倫斯並不知道其所以然，不過哈洛德後來一直留著這袋子，一直到戰爭結束之後，還把它帶回紐西蘭，等到他坐上首席大法官的高位、住在威靈頓的時候，他還是使用這個公事包，攜帶自己的文件，然後每天帶著它，從位於蓋爾本的自宅、走到位於懷特摩爾街上的最高法院。這個包又給了女兒，最後，等到勞倫斯通過律師資格考試之後，又傳到他的身上。

「我不知道你會不會聽從我的忠告，」當我們離開餐館的時候，我忍不住又提起了這件事，「但是如果我想要打贏這次的上訴，我會和可愛的女兒曉以大義，『就當是向那怪老頭契斯表達我們的敬意，可不可以把那個包還回來啊？』現在，我再多送你一句我人生導師休柏特・福克斯的金玉良言，這位奮戰不懈的貴格派教徒告訴我的拉丁諺語：『戰神與辯才之神同樣重要』。」

我依約完成宣誓書，由勞倫斯遞交出去，證詞內容鉅細靡遺，此外，他還提出請求，讓我能夠也到聽證會現場。彼時已經是四月底，時序即將進入五月，我們照常過日子，但也同時在耐心等待。

休伊在監獄裡不時會收到新東西，傷勢逐漸復原，他也開始回去上電腦課，學習樹木栽植，而且訓練自己的右手繼續使用鍵盤，最棒的是他爸爸終於能來看他了——爸爸、媽媽、弟弟、兩個妹妹、一兩個阿姨，還有他的外婆。透過爸爸的安排，一家人靠一台租來的廂型車兩地奔波，不過我懷疑付錢的人是勞倫斯。

五月到了，又走了，六月也是，我在六月過了我的六十八歲生日，還收到女王生日勳章的表揚。七月十五日終於來了，舉行聽證的日子，某個星期五。我之所以會記得，是因為前一天是十四號，也算是我的幸運數字（七的兩倍），從北方吹來大雪，沙漠公路因而封閉，就連南至普利莫頓都雪花片片，我以為聽證會應該會取消，但沒有。

第二部

14

我從來沒有進過威靈頓的上訴法院，不過大家已經向我解釋得很清楚，從莫勒斯華茲路的國會大廈階梯走過去，或是國會圖書館旁邊的那一棟，我猜那應該是棟四平八穩的建築物，有直式窗戶與白色圓柱，前方種的是波胡圖卡樹，生氣盎然。

我在早上九點半抵達法院，先與勞倫斯見面，他帶我走上二樓的小間法庭，我們站在地毯廊道底端，隱約聞得到鋸木屑的氣味。勞倫斯先留我一個人在那裡，隨後又回來向我解釋，由於前一天有個案子遭到耽擱，現在才快要結束，我們應該等到十點再過來的。

「運氣不錯，」他說，「我們的是史密瑟馬丁。」史密瑟馬丁·雷金納德是我們的首席法官，勞倫斯透過法庭門上的鑲板玻璃、偷看裡面的動靜。這場聽證會一共有三位法官（勞倫斯所提出的法律主張相當特殊，所以他本來擔心會出現五位法官）：首席法官史密瑟馬丁·雷金納德，我們的審判長，正坐在中間的位置，另外還有兩個資淺法官宛如書檔一般、坐在他的兩側——右側的是藍恩法官，左邊的是一位女法官，但我已經忘記她的姓名。他們分坐在不同的桌子，外側的那兩個不時會交頭接耳、討論比對紀錄內容。勞倫斯說，藍恩個性狡詐，看起來雖然貌似隨和，但其實卻老奸巨猾，而且脾氣暴躁；首席法官雅好藝術與文學，有時候難免因此受其影響，至於那位女法官是出身但尼丁，最近才走馬上任，勞倫斯對她幾乎是一無所知。

就在我們準備要進去之前，勞倫斯先取下自己的小背包——他真的向女兒討回他姨公的「掠奪品」，我很欣慰——然後他慎重在地毯上抹鞋泥，「不知道為什麼，」他向我解釋，「總覺得這像是要給人禱告的地方。」我們走入法庭，檢察官史派羅與他的同事已經站在那裡，等著我們了。

我坐在後頭的旁聽席，椅子上附有坐墊，空氣中飄散著濾清後的潔淨氣味。我在倫敦擔任菜鳥保釋官的時候，曾經有次被派去上訴法院送東西，那裡的氣氛與這裡截然不同，這兩個上訴法院固然都有某種至高的法律權威性，但倫敦的刑事上訴法院是個狹長型的房間，讓人想到了伊佛林．渥夫的《軍官與紳士》書中，詹姆斯街上某俱樂部裡鼻菸盒和褪色皮革的風格，不過，威靈頓的這間上訴法院卻沒有喧鬧雜聲，要是有人悲傷難抑，恐怕也不敢在此發洩，這搞不好是什麼運動休閒管理或是高球俱樂部的祕書的精心設計。

勞倫斯已經事先向我解釋過法庭裡的情況。現在，從我的位置判斷音源，也不難推敲出裡頭的安排，現代法庭的陳設都遵循同一套模式，就像是超級市場一樣，三位法官坐在高位，專心看著自己的筆記型電腦或是參考資料，坐在側邊的那兩位法官會突然將滾輪椅滑到中央、針對某一法律觀點就地討論……下方是書記官，右方（他們的右邊，也就是我的左邊）是證人席和媒體區，麥克風，不過，這當然沒有陪審團席。再來是給被告律師的四張椅子，宛如食堂裡的桌子，只是少了腳下的支架而已——申請上訴的律師在右邊（我的左邊），檢方的檢察官在左側（我的右邊）——勞倫斯告訴我，椅子是成雙排列，前排兩張，後排兩張，所以等到案子審理結束，座位淨空之後，後頭等待的律師可以火速進入戰鬥位置，無須浪費任何時間，宛如計程車在排班的規矩一樣。最後面就是旁聽席了，顯然今天我是唯一的代表。

「如果他們請你直話直說，也不要覺得太意外。」前一個案子已經結束，他走到後面來，告訴我這句話。

現在是短暫休息時間，審判長開始翻閱文件，有點像是管弦樂團在樂池裡準備調音。然後，出現了一兩個問題——我記得很清楚，他們請勞倫斯先提出解釋，因為，他上訴的目的並不是讓當事人無罪開釋。

「上訴人的目的不是為了免罪？」

「哦，不是，」勞倫斯回答，「唐斯頓先生願意服刑，早在審判開始之前，他已經告訴獄方醫生，他願意在牢裡度過一輩子、好好贖罪。專家們告訴我，如果他在審判後被無罪開釋，後果恐怕不堪設想，他很可能會陷入重度憂鬱，自縊身亡也不無可能。我們這次申請上訴重審，希望爭取到的是激憤殺人的判決結果，而非無罪開釋。」

接著，我聽到他們叫我的名字，勞倫斯引我進入證人席之後，我站在那裡——上訴法院證人席沒有椅子——然後我開始宣誓，又聽到某個渾濁的聲音提出問題，對方的聲音聽起來很熟悉，彷彿以前我們曾經講過話。

「教授，希望您別介意，我們還需要就教兩三個問題。我們已經看過您在宣誓書中提到的案情的新轉折，我們也知悉上訴人在彌道摩醫院所提供給您的資訊，但有個問題，他為什麼會出現在那裡？」

「庭上，是我的錯，我的疏失。」我解釋了斷臂事件。

「所以脛骨『和』尺骨都斷了？」那個聲音繼續追問，我覺得我聽過這個聲音——很可能是那位首席法官——不過他的聲音都悶在麥克風裡。

空氣中有個嗡嗡聲，遠方傳來的持續低鳴，彷彿更加凸顯法庭裡絲毫不得靜閒，渾濁之聲繼續發問：

「教授，如果您在宣誓書中所提到的證詞屬實，很可能會創下歷史新頁，當然，字裡行間都導向了激憤殺人，但我們有些困惑……」

我就知道，該來的總是會來——我伸手觸摸他雙腿之間的區域，我早猜到他們會問這問題，勞倫斯也是。「無論他們怎麼問，」勞倫斯已經事先提出警告，「都不要說到那裡。千萬不能讓他們覺得你順勢摸下去，不然他們會覺得你跟他上床了。」為了準備這個問題，我們還事前演練了一番，但我還是覺得很不自在，我很擔心隔天報紙的頭條是：

色狼教授嚇壞上訴法官……病床狎淫，揭露持斧惡徒之新祕辛。

「教授，我們有些困惑，不知上訴人為什麼遲遲不肯透露其所宣稱的真正殺人原由？也就是您宣誓書中所提到的，因為觸摸大腿而引發激憤行兇？固然對方的笑容誘發兇嫌的情境再現症狀，但主因還是死者伸手觸摸兇嫌大腿，而這才是全案的真正關鍵？您說是嗎？」

我反問，「您的意思是，不知道為什麼唐斯頓先生只有告訴我這一番話？但其他人卻一直問不出他深藏的祕密？」

「正是。」

啊，我鬆了一口氣。

「教授，可以告訴我們原因嗎？」

「我也問過我自己一樣的問題，」我說，「我會盡力解釋清楚。」

「麻煩您了。」

我雖然不必回答那個一直讓我憂心忡忡的問題，但現在隨之而來的卻是恐慌感，我的腦袋裡一片空白，我要怎麼解釋？我站在那裡，彷如一條死魚。

最後我清了清喉嚨，終於開口，「庭上，希望這一番話，不要讓大家誤以為我自以為是，答案很簡單，因為我跟他講了一個故事。」

「上訴人？」

「是的，上訴人，唐斯頓先生。我告訴他，有個人在他小時候，曾經因為某件小事、而認定自己犯下了重罪，他自此之後充滿罪惡感，也一直不敢對人說出口，有一天，他遇到一個陌生人，不知怎麼的，突然一股腦把祕密全說了出來，我想，這也誘發他說出自己的事。」

「什麼意思？」這次開口的是女法官，她的問題幾乎讓我難以招架，「教授。這個故事為什麼能產生『誘發』的功能？」她的語氣有嘲笑的意味，很沒有禮貌。

因為我想要讓他找回自信心，妳這個白癡女人！我差點脫口而出。

因為我想以誠實坦率的態度面對這孩子。

因為先前他在拖車裡所發生的遭遇，造成他無法與女性發展親密關係。

因為（抱歉，這位女士——妳有沒有被強暴過？），因為那樣的創傷經驗會繼續走入青春期，永遠無法消失。

因為一灘死水終將酸臭。

因為他要捍衛自己的貞潔。

因為他學到的道理是，不要相信任何人、才能生存下去。

因為，女法官——

「要喝杯水嗎？」有人問了我這句話。我不知道花了多久時間整理思緒，那是杯溫水，我慢慢把它喝完，聽著腦袋裡的轟轟聲響，終於能夠盡可能平心靜氣回答：

「因為，庭上，故事裡頭的那個人，就是我自己，在此之前，我從來沒有告訴過別人這件事。」

「好，我了解，」首席法官插話，他又停頓了一會兒，「我明白了。」接著我聽到法官席傳出滾輪椅在移動的聲音，他們正在討論，椅子停在中間有好幾分鐘之久，然後又分移兩側。

「我想，我已經知道了，」首席法官又重複了一次，這次他的聲音裡多了一絲友善，「唐斯頓先生正是這位陌生人，你的故事裡的這位陌生人，故事裡的故事……教授，聽起來有點寓言的味道，你說是吧？我懂了，之後他開始大哭，你提到這淚水……」

首席法官繼續說話，但宛若在自言自語，「我了解這對他具有很強烈的感染力，我想，很合理。教授，也許這不是寓言，而比較像是隱喻，這是因隱喻而起，我想，這應該是你想要告訴我們的事。當然，有各式各樣的隱喻，可以影響不同的心靈，就像是詩人波赫士說的一樣。不過，我們現在當然不需要研究這個……大家同意吧？我想應該是，好，教授，謝謝您來這一趟，幫助我們釐清問題。」

原來，他們只是想知道這件事，我離開了證人席。

15

自此之後，一切就簡單得多了，我坐在後頭，仔細聆聽，腦中的轟鳴聲已經不再出現。不過，在勞倫斯正式開始進行上訴之前，卻出現了短暫的尷尬時刻，因為其中一名法官，我想是蘭恩，提出了程序問題；短暫休息之後，才開始真正進行上訴。

勞倫斯先陳述案情，中間不時被打斷，因為他提到了在審判第一天的時候，檢方拿出死者的照片給陪審團看，其中一名陪審團成員當場昏倒送醫，這位成員患有糖尿病，他趕回法庭，而且堅持要繼續下去。

「我希望重審時能夠更換陪審團。」勞倫斯告訴上訴法官。

「為什麼？」女法官問道，「如果你知道照片這麼可怕，為什麼當初不要求審理的法官不得出示這些照片？」

「我有啊，」勞倫斯回答，「但沒有用。」

當他提到休伊不信任人，而且害怕被人碰觸的時候，又遇到法官提問，這次是藍恩，「我一直以為，你主張的是他的不信任感源於拖車事件，但是，現在你似乎認為其肇因於三歲時的燒燙傷，或者，你的意思是兼而有之？」

「對，兩者都有，」勞倫斯回道，「首先，發生燙傷之後，他被安置在附有引流導管的玻璃罩裡，沒有人可以抱他、碰他，也不能依偎在他的身旁，完全被孤立了。接著又遭遇可怕的拖車事件，新的創傷接踵而來，各位也已經在宣誓書裡看到了相關證詞，創傷，又加上創傷，傷害不斷累積，他過去極力壓抑，絕口不提，所以當創傷一被觸發，也就是在發動他的攻擊之前、被撫摸大腿的那一刻，他完全沒有因應機制。」

「好，謝謝你，古德伊諾夫先生，要是上訴失敗，你有什麼對策？」說話的是首席法官史密瑟馬丁，這個問題是不是有陷阱？

他的聲音聽起來圓潤多了，不再那麼渾濁，帶有一點輕鬆的意味，勞倫斯也毫不客氣回擊，他說提出上訴的費用都是由他個人負擔，如果這次聽證駁回他當事人的上訴申請，那麼他會再將此案送交樞密院。

勞倫斯滔滔不絕，已經超過一個小時，我不記得他們有沒有休息吃中餐，不過我覺得應該是有。我出去買了個三明治，順便打電話給莉茲貝絲；她提醒我要去找藥劑師，還要跑銀行一趟。等到我回去的時候，站在那裡的已經是檢察官了。

史派羅先生以謹慎的語調、向法官進行陳述，他讓我想到行頭齊全的鄉下巴士車掌。史派羅指稱，休伊殺死一個手無寸鐵的老人，根本與激憤無關，而是蓄意的行為，他的律師宣稱他當時失控，陷入瘋狂才行兇，但是，從他之後的行為，大家都可以看得出來——拉上窗簾、搗毀外頭的路燈、回去屋內、以斧頭砍死那個仍在痛苦扭動的人，以冷血的方式，給了對方「致命一擊」——這全是在一個冷酷理性的人、在神智清醒時的所作所為。

他說，休伊「在很短的時間內」就恢復神智。

想當然耳，史派羅也質疑我的意見。除了質疑我的專業性之外，他不忘重複審判法官的字詞，「契斯尼教授是否是判斷激憤殺人的最佳人選？」而且，根據「比例原則」，檢察官繼續解釋，根據引發激憤的原因（死者碰觸被告大腿）來看，這起攻擊事件「根本不合比例」。這些枝微末節、加上法律面的差異，還有史派羅所提出的那些晦澀的法律觀點，已經讓我搞昏了頭。

我知道，激憤，這一點是關鍵性的問題，不過，對勞倫斯來說，這也只是個問題而已。他在早上的時候曾經提出主張，審判法官有過失；他不應該完全「排除激憤行兇的可能性」。但史派羅也早有準備，他援引許多判例，其中還包括一個十七世紀的例子，「如果有人拉了你鼻子一把，你還以顏色、拿劍刺死對方，這也是因激憤而產生的正當性。」

「被告律師是否暗示我們還活在十七世紀？我想，答案是否定的。」史派羅作出小結。

就在此時，我開始打盹，等到法官們開始列舉判例時，我挺直身子，但隨即又陷入昏睡，後來我聽到其中一人，應該是藍恩法官，他說：「所以，史派羅先生，你的意思是，在我們裁量唐斯頓先生犯行的時候，應該要以適用於一般人的法律作為基準？」

「不，我沒有這麼說。」

爪子好尖利。

「或者，你的意思是說，」首席法官在此時插話，「被告在正常狀況下理應具備一般人的自制力，但如果他被某些特殊心理性格或差異所控制、造成自制力下降的時候，則屬於例外狀況？」

「你明白嗎？史派羅先生？」藍恩法官繼續接話——就在這個時候（我幾乎可以從他的吐納之間聞到激憤的氣味了），我開始思索背離的真正含意，我心想，這些上訴法官，這些穿著黑袍的抽象實體、坐在這塊土地的最高法庭裡的滑輪椅上，一點都不在乎休伊・唐斯頓這個人，不管他曾經在三歲的時候、被孤零零地丟在玻璃罩裡，或是七歲的時候、任由命運決定了一生，也不管他是不是曾經遭受過性侵，更不管他在帕雷莫雷摩是否得到協助，抑或是被人毆打。慈悲？慈悲的問題不是他們關心的重點，法院的存在，不是為了慈悲的思維。懊悔？「我很樂意以我的生命換回對方一命」，休伊曾經這麼對我說過。但這些上訴法官對於懊悔或是悔罪卻漠不關心，他們有興趣的是法律，比方說：

審判法官是否就比例原則之爭點、使用了強烈措辭，誘使上訴人律師認為他違背了非屬法律必要條件之「適當比例」原則？

又或者：

審判法官是否混淆此一爭點與另一爭點，第一部分第二條第一項（第十五頁記載之摘要，方才已引述），企圖據此批評契斯尼教授的評述？抑或是附和稱揚檢方？

我告訴自己，這正是他們覺得刺激有趣的地方，法律專業中的細節與特點。這些人讓我想到一位有名的外科醫生，他在一九六七年時完成人類有史以來第一次心臟移植手術——他回家之後，太太請他幫忙想點辦法、對付她的偏頭痛，但這位名醫卻無計可施，這些法官也有類似情形，只要離開他們的領域之外，他們就茫然不知所措；除了專業素養之外，一無是處；他們的感受消失在字裡行間，他們也沒有比一般的工人高明到哪裡去。

突然，我又醒過來了，我不記得究竟聽到了什麼，可能是「獨特」這個字喚醒了我。

藍恩法官說道：

「史派羅先生，你明白嗎？你應該要好好謝謝我們，因為我們正在苦思，是否能夠運用某一極其棘手的刑法觀點，來處理這一連串的獨特論據。首先，發生一起兇殺案，據稱是因為兇手曾經有過受創經驗，他認為這名不幸的受害人是先前那個壞人的分身或化身，因而引發情境再現，憤而行兇殺人。我們已經聽取了古德伊諾夫先生的說法，根據他的意見陳述，我們也開始思索，死者可能有某種虛偽教唆之行為。契斯尼教授告訴我們，就他的個人經驗中，從來沒有遇過這一連串的狀況，文獻也支持此一說法，這些論證的確可能相當獨特。好，代表上訴人的古德伊諾夫先生認為此一案件已然開啟了一個全新的領域，無法以法律來界定；結論歸於『激憤殺人』，他主張也許應該有個案例來重新定義『激憤殺人』。你的意見呢？你還沒有針對他的觀點提出說法。」

「庭上，我已經表達過意見了。」

「沒有，你一直在賣弄玄虛而已。」

藍恩法官說出了這個字，「賣弄玄虛」，我心底不禁大聲為他喝采，「幹得好」！

不過這位檢察官依然胸有成足，「庭上，我這裡有個一九九〇年的『女皇與亞當』的判例，裁定了——」

史派羅努力想要繼續申辯，但藍恩法官又打斷他：

「史派羅先生，顯然我們都知道，我們無法達成共識。」

檢察官並沒有因而退縮，他繼續陳述另外一個判例，一九六九年的柏克案。我好想尿尿，我猜法官也是，有支麥克風發出嗶剝聲，椅子上也傳出躁動聲響，不過首席法官仍然面露微笑（這是我猜的），然後前傾身體，調整麥克風，以親切但充滿歉意的笑容告訴史派羅：「還真巧，我前面也放著柏克案的文件。」

史派羅幾乎要開心大叫，「庭上，謝謝，我相信您也同意我的看法。」

「不，我認為這個判例是站在藍恩法官這邊。」首席法官回道。

哈哈，大家都在笑。

我先閃了。

當時已經接近下午四點鐘，我先行告退離開，讓他們繼續進行下去。

「我想，審慎樂觀。」勞倫斯在聽證結束的那個晚上回到康福德，他立刻打電話給我。當時已經快要午夜，我一直在等這通電話，勞倫斯也沒有再多透露什麼。他告訴我，他們一直討論到四點四十五分，幾乎是整整一天的時間，他自己的聲音聽起來也很疲憊。

「什麼時候會知道答案？」

「至少要一個月，還可能更久，別緊張。」

的確超過了一個月，我一開始的確是抱持謹慎樂觀的態度，但隨著一個禮拜又一個禮拜過去，我不免開始產生疑慮。我開始考慮要取消九月的佛羅倫斯之行，不過莉茲貝絲說，我是研討會的主要講者之一，所以一定要出席，當然，她說得沒錯，而且她的心早已飛到了佛羅倫斯，現在早已無所事事，就是專心在等這一趟旅行，她這麼說，「操心有用嗎？指甲也不會長得比較快。」的確，對我們兩個來說，這都是一趟美好之旅。

距離最後的裁定結果，還有九個禮拜。

在九月的最後一個週五，我們從佛羅倫斯回到了紐西蘭，隔週的週二，我起了個大早，為莉茲貝絲弄好咖啡送上床，還為她準備了一杯水，她愛的溫熱檸檬汁，然後，我坐在起居室的鋼琴椅上喝茶，我已經好幾個月沒有彈琴了，但我一直沒有打開琴蓋。我想要寫點東西投書報紙，但又隨即改念，穿上睡袍走到外頭，雖然氣象預報說會下雨，我還是在香草花圃裡澆了水，巴西利已經快要枯死了。最後我進入浴室，一邊刮鬍子，一邊聽著收音機裡的新聞。好，現在要做什麼？

「去寫你的回憶錄。」莉茲貝絲回我這句話。在出發前往義大利的時候，我早已把它擱在一邊，現在也沒有心情重拾筆桿——我把收音機帶入廚房裡，拿不定主意今天傍晚究竟該煮什麼菜才好。諾瑪義大利麵？我拿出了寬扁麵、大蒜、削皮番茄罐頭、橄欖油、杏仁、鹽巴、胡椒，但是在冰箱裡找了老半天，就是沒看到茄子。我做諾瑪義大利麵已經不下數十次，基本食材都有盲人的布拉耶點字標籤，但如果能預先知道全部的東西都在手邊，要拿的時候立刻可以取用，我會比較安心。我的書房亂七八糟，但是我卻希望廚房裡一定要井然有序，我是廚房裡的暴君，檸檬榨汁器？在哪裡？這些是黃洋蔥還是紅洋蔥？要是胡椒研磨器或是長柄煎鍋不在原來的地方，我會憤怒大叫，削茄刀也是，刷糕點表皮用的毛刷必須和油放在一起（右手邊抽屜）、橄欖油也不例外（放在醋的旁邊）、烹調匙（罐子裡）、杏仁（頂櫃的左方）……這道義大利麵的食譜源於西西里島，上面說，松果比杏仁的效果更好，而且更便宜，烘焙紙（放在麵包切板旁）、壓蒜泥的小缽與搗杵（放在窗台的陶鍋旁）也不可挪動位置。我不是什麼美食主義者，也不是廚藝精湛的大廚（請自動略過那工作台上的燒焦痕跡），但我的確是個很難搞的人，而且宛如祕密警察一般護衛自己的管區。

新鮮巴西利

兩顆小茄子

紙巾

我在心底迅速默記要做的事，我記得我們拿來刨絲的帕瑪森起司用完了，要寫入採購清單，把前晚用過的碗盤放入洗碗機裡，按下啟動鍵，我回到浴室要刮鬍子，但忘記我剛才已經刮過了，九點四十分的時候，我回到臥房更衣，此時電話響起。

「契斯，早啊，起床沒？我們準備要打審判了。」

「等我一下。」我坐在床邊，褲子正穿到一半，我先擱下電話，把褲子拉好後，又拿起電話走到另外一個房間，莉茲貝絲還待在床上，她正在看書。

「勞倫斯，我回來了。」

「他們決定重審。」

「真的嗎？」

「當然。」

「什麼時候宣佈的？」我問道。

「什麼？就剛才啊？」

「抱歉，我犯蠢了。」

「契斯，你沒事吧？」

「沒有，只是很興奮。」

「那個吱吱嘎嘎的是什麼聲音？」

「莉茲貝絲可能用另外一支電話在聽，她還躺在床上。」

「一定是床的聲音。」

「不要跟我開玩笑。」我說。

「我請書記官準備了判決副本給你。」

「勞倫斯，我完全聽不出你有興奮的樣子。」

「明天早上應該就會寄到你的信箱了，笨蛋色魔。」

「什麼？」

「我說你又笨又色。好啦，契斯，我現在人在法院。」

「你這話聽起來怪怪的。」

「最後的結果也是啊。好，之後再聊。」

第二天，我收到信件，也終於懂得他的話中含意。我花了半個早上的時間才搞清楚推論的邏輯。這份上訴法院的判決書長達三十頁，莉茲貝絲一頁接著一頁，全唸出來給我聽。

「查理，你聽，『在法官的結案陳詞中，已充分與公平處理被告之案件』，他們在為那位審判法官辯解。」

「不，不是，這只是先禮後兵。」

「我不懂。」

「他們其實都在大力抨擊這位審判法官，這句話只是好聽罷了。他們說他『誤導陪審團』，就是這個意思而已。在勞倫斯的上訴理由中，包括與被告激憤殺人相關的法律觀點，中；還有專家證據，中；品格證據，也中。一，二，三，他們發現審判法官的三大缺失。所以，他們真正的意思是，這場審判是因為法官的昏庸才被搞砸的。」

「妳知道我以前也講過這句話，」我告訴莉茲貝絲，「不過，還是當以前沒講過好了，此時此刻，是我有生以來，第一次以當紐西蘭人為傲。」

「少誇張了，你早就講過幾百次，不管怎樣，你還是個英國佬，好，現在先冷靜一下，你是不是忘了吃血壓藥？現在時間已經很晚了。好，給我一個簡單結論。」

「沒問題，如判決所言——依紐西蘭上訴法院所決（哇啦哇啦）……唐斯頓案……首席法官史密瑟馬丁宣佈之判決：上訴理由成立，撤銷原判決及處分，應重新審理。」

「好耶！」莉茲貝絲開心大叫。

第四部

16

如今，回首十五年前的往事，我實在不懂，當初為什麼不能早點想到這個問題？為什麼行動慢吞吞？是不是因為太驕傲自滿？為什麼要把一切都拖到最後一分鐘？在十月初的時候，我們接到上訴法院的重新審理判決；而審判時間是在隔年的三月，換言之，有超過四個月的時間可以預做準備，不過，一直到開庭前的兩個月，我都還沒想到應該要趕快找到某個關鍵證人，也就是那個神祕的葛蘭，如果，真的有這個人的話（那時候我們還不確定）；而且，當我向勞倫斯提起這件事的時候，他其實心生抗拒，不想處理，我只記得他的反應，但後來我也忘了，我們兩個都忘了。還有一件事，也就是保釋的問題，等到重新審理判決下來，休伊也獲准保釋，但是休伊說他不要，因為，他擔心要是第二次審判依然維持原判，那麼入監服刑又得從頭再來一次。勞倫斯為此特別前往帕雷莫雷摩，想要好好開導休伊，但沒有成功，休伊的心理狀態很不穩定，顯然這也打擊到我的專業自信，但我那時候也無法得知他的腦袋裡究竟在想些什麼，也不清楚勞倫斯的想法。

當然，這段時間適逢夏日假期，同樣造成不小影響，紐澳地區的律師在這時候都沉溺於馬拉松賽事，但是，千怪萬怪還是我。一直到二月底，也就是開庭前十天左右，我的證據力不足的問題也開始浮現，勞倫斯打電話給我，他擔心自己的陳述，因為，他在陪審團面前拿不出任何診斷依據。

我大吃一驚，因為我以為另外一位心理學家托比．威爾森已經給了他診斷書，沒有，勞倫斯這麼回答我。他從托比那裡取得的資料只有一個假設，其實，是有好幾個，但全部都是基於推測，我知道這個問題，先前在第一次審判時已經出現過了，勞倫斯難以說服陪審團，他的當事人無法控制自己的行為，雖然檢方在第一次的時候並沒有找專家來反駁我們，但是第二次絕對不可能會善罷甘休。這一次勞倫斯握有新證據，也就是我所發現的新事實，但這絕對稱不上是確證，缺乏精確的診斷，他沒有新的論證，我也沒有辦法給他一份這樣的診斷書。

距離開庭，只剩下一個禮拜，我依然慌亂不安。

也許，總是這樣吧，正義充其量依然複雜難解，它不是石碑上的刻文，也無法像月光一般皎白，更不如黑曜石的堅實純粹。它必須像是陶土，等到每一個部分都成模，並予以組合之後，才能入窯爐燒陶，而且也無人能夠拍胸脯保證最後的結果為何。我經常在想，正義，絕非必然，而是巧遇正道的偶然。

一切依然歷歷在目，現在是二〇〇九年十月十二日，星期一，我坐在書房裡，想到在審判倒數前幾天之際、我能拿出的唯一證據居然是休伊七歲時的學校成績單。十四年前的某一天，也就是一九九五年初的時候，我偶然發現了這份成績單——的確是一大突破。但我是怎麼找到的？還沒找到之前，我急得宛如熱鍋上的螞蟻，我不知道那些律師怎麼能熬過來，但我知道那段時間感到嚴重的焦慮、恐懼、惶惑、挫折、責難、消沉、期待、興奮，身上甚至還長瘡。直到現在，我的手臂和上半身依然可以看到當年的瘡疤，它們總是讓我回想起那段忙亂不堪的日子，但我就是想不起來那張成績單在哪裡。

怎麼可能？我在心裡自問，難道我不小心燒掉了？

為了要寫這本書，我得回頭檢視螢幕報讀器裡的許多證據資料，成疊成堆的檔案夾。勞倫斯給我的所有資料，我都備份在電腦裡頭，但是裡面卻沒有休伊的成績單，我只找到自己的日誌，內容是關於休伊一開始念的那兩間學校，康福德的布雷斯佛德新月托兒所，以及康福德中央小學：

總是謙和有禮，樂於助人

害羞

還有，難以管教，陰鬱孤僻

還有，造句能力優異

還有，內向

還有，胸部、下巴與手臂的下方有燙傷疤痕，游泳時必須覆蓋上半身與手臂

還有，自制力不佳，學習自我克制、心有餘而力不足

所以我應該要從這些資料下手，追溯當時的成績單，但是都不符合——五、六歲，太早了，不然就是九歲、十歲，又太晚了。

當休伊十一歲的時候，他爸爸舉家遷往郊外，他也就是在這個時候念了毛利學院，此時的學業表現也突飛猛進，我在日記裡寫道：

似乎是所不錯的學校（父母也會受邀到校，與校長討論小孩的身心健康或是學習進度）。

但這些都不是我要找的東西。

我記得那張成績單約是明信片大小，紙面上有類似填字遊戲的細小方格，可填入代表成績的字母與數字。它記錄了學童自五歲開始的所有成績——包括了「閱讀、寫作、音樂、自然、縫紉、烹飪」等學科，所有的紀錄以極細筆仔細填入格內，學科成績一共分為五等第，一是最好的成績，五的表現最糟。

我心中突然升起一陣恐懼感，當初這成績單是不是我偷來的？還有，現在為什麼不見了？

我找到了！尤里卡！其實，是莉茲貝絲找到的，她大概是在一個半小時之前把它找出

來，我把它放在某個文件夾裡，旁邊還有一些休伊資料的影本，除了他的信之外，還有一首詩，那是他二十一歲時出事那一晚、躲在樹上想自縊的時候，在電話簿上寫下的詩。那些信和詩一定是勞倫斯寄給我的，我把那些資料和成績單都塞在抽屜裡，居然就這麼忘了。

莉茲貝絲告訴我，她記得當初我去康福德、面會休伊的爸爸之後，才帶回來這張成績單，她還說，我回來的時候，一臉趾高氣揚的模樣，所以，顯然我不是偷的，她宣稱這是休伊爸爸給我的東西，我現在回想起來，自己的確曾經和這位父親說過話，但這說法也不正確。

二月份的某個下午，我應勞倫斯的要求、動身前往康福德，當我到達他的事務所時，發現休伊的爸爸剛好也在那裡——還有那個消失不見的雅各舅舅，也出現在辦公室裡。休伊爸爸到達的時間想必很晚了，因為他結束當天的工作之後才趕過去。我坐在辦公室裡，聽勞倫斯與雅各講了好幾分鐘的話。由於休伊的爸爸被列為檢方證人，勞倫斯不能和他講話，所以請他在走廊上等候，現在我回想起來，當初自己也不該和休伊爸爸說話才是，但我還是做了這件事。我記得勞倫斯當時正在問雅各，是否認識死者？還有這位被害人的小屋，是不是與拖車的面積大小相當？在走廊上等候的爸爸聽到這段對話，突然很激動，他大聲叫喊，「啊一定是在裡面，因為他裡面的車子跟外面一樣塞得亂七八糟。」

我留他們繼續談話，自己趕忙出去安撫他，請他和我一起喝杯咖啡，我們在火車站附近找到一家餐館，起初這位爸爸堅持不肯進去，我想是因為他害羞，又加上他衣衫襤褸，帽子發臭，他的味道的確很重，都是因為沾染了剪毛場的甜腥酸氣，不過，從他當天身上所散發的味道判斷，我知道他其實剛從寵物食品工廠的屠宰線剛下工。

我講了一些事情，讓這位父親開懷大笑，他感受到我的鼓勵之意，突然開始說起當晚知道兒子殺人的經過。

他的語氣很激動，其實我根本不想要談這個主題，但是他一開了口就無法停下來，我穿了件薄外套，但已經開始流汗，天氣真熱，我很想要脫衣服，但又怕打斷他的話興，他說話習慣使用短句，又急又猛，就像是熱帶風暴來襲時的閃電：

我們去加油（父親說自己先從阿姨家接了休伊、然後開去加油站），「要不要喝一杯？兒子？」我問他，他不說話，他的臉漲得紅紅的。我繼續開，他告訴我，「我殺了人。」我把車停下來，我看不清楚外面，有盞燈壞掉了。我坐在那裡，呆呆看著壞掉的車頭燈前方，一片漆黑，我終於冷靜下來。問他怎麼回事，當他告訴我死者是誰的時候，我說，「但那是——」我覺得被殺的人是我，我才是死者。我說，「我們得去警察局。」他哭了出來。我把他帶到康福德警察局，我就離開了，那時候是凌晨三點鐘。我停車，心想，我幹嘛？我放棄了我兒子，我背叛了他，我把他送進監獄裡。三個月之後，他告訴我，「謝謝你。」我心想，等等，他是真心謝我做了好事？還是諷刺我這個混蛋把他交給了警察？

我猜這爸爸不曾和任何人提過這件事，而且，這也是他吐露心事的極限了。他喝完咖啡，又過了一會兒之後起身離開，他說要去和克里斯蒂娜碰頭（休伊的媽媽）。就在第二天，我找到了那張成績單。

當天晚上，我住在勞倫斯家裡，我們吃完晚餐之後，開始熬夜討論案情，很晚才結束。我可能喝多了，一早醒來的時候隱約覺得不安，休伊案情的可信性出現漏洞。等到吃完早餐之後，勞倫斯的太太貝琳達問我，

「有和他小學老師談過嗎？」

我說沒有。

「那就去一趟吧，」她說，「還有時間，我載你過去。」

她先載我到布雷斯佛德新月托兒所，然後又到了康福德小學。貝琳達是位老師，時間的確對她來說不是問題，而且我的巴士要十一點才來。我問了好幾位老師，其中有位托兒所的老師記得休伊，布雷斯佛德新月托兒所是他的第一個學校。「哦，對，很可愛的孩子。」但是她只和他相處了一學期。我們又轉往小學，遇到一位年長的老師，是副校長，她記得休伊。

「我們真的不懂，」她說，「他本是個活潑愛講話的陽光小男孩，突然之間變成壞孩子，開始摔東西，推倒東西，大吼大叫，還在教室裡扔課桌，我們真的不懂。」

「什麼時候的事？」我開口問她。

她其實並不記得是哪一年，不過她告訴我，「請稍等。」隨即離開。她回來的時候，手裡帶著一疊文件夾，裡面有休伊的成績單。「不知道怎麼會在這裡，」她喃喃自語，「這是他的成績單，居然被擱在第二層，怎麼會呢？」我請她告訴我休伊在一九八一年時的學業表現，那一年他剛好七歲，然後，我又請教她前一年，一九八〇年的成績，她一一告訴了我。

我步履踉蹌。

我問她，「可否借我影印成績資料？」

「留著吧，」她說，「如果有需要，整份文件夾帶走也無妨。」

這張成績單顯示出休伊的成績突然一落千丈，他也是在這段時間內被送走、與那男人一起住在拖車裡，他的學業表現開始慘不忍睹，但是他之前從來不曾出現過這種問題。閱讀與寫作觸底，拿了兩個最低的五分，這時候是一九八一年二月三日，當時休伊已經快要年滿八歲，前一年底的「拼字」那一欄下方完全沒有註記，所以鐵定是比五分還糟糕。其他部分的表現也是如此，嗜好、特殊技能、穩定度等等，無一倖免。

我和貝琳達找了間咖啡店坐下來，準備等巴士，我趕緊將重點輸入我的派克美電腦裡，我第一次找到證明休伊所言為真的確據。

拿到資料之後的那個晚上，我打電話給勞倫斯，他在家裡。

「勞倫斯，我不喜歡胡亂猜測，但是這個東西似乎可以呈現出問題的癥結。」

「是，貝琳達跟我提了——」

「他的成績單是這樣的——『優』……『優』……『優』……然後，砰——『劣』。現在這樣已經可以兜起來了，它給了我們所需要的答案。」

「太好了，」勞倫斯說道，「真是太好了，契斯，恭喜。」

「還有，」我想繼續說下去——

「抱歉有點吵，剛才有人進來。」

「還有，我們可以試試看。」

「什麼？」

「我說，不妨一試。」

「怎麼說？」

「找到那個男人。」

「我改拿另外一支電話，麻煩稍等。」勞倫斯又回來了，「好多了，現在聽得比較清楚……契斯，你的意思是？找到那男人？難道你說的是葛蘭那傢伙？我不確定。」

「我也不知道為什麼，但我覺得他一定還活著。」

「我的意思是，不知道會有多麼棘手。」

「他應該沒那麼難找，只不過是十四年前的事而已。」

「不是，契斯，你誤會了。要是我們找到他，他卻全盤否認？」

「講清楚。」

「未必符合我的當事人利益。」

我嚇壞了。勞倫斯以法律詭辭給我難看，也不是第一遭，但是他從來不曾如此直接了當。他向我道歉，告訴我得去招呼客人了，我也隨即掛上電話。

我想要做的是——讓死者還魂復活？這的確是我的良心所提出的要求。我曾經不知道在哪個地方讀過這個故事，有座圖書館，其實是個神奇洞穴，裡面到處都是死去的男男女女，只要你一打開書頁，這些屍體會立刻重生復活，這就是我對待休伊案子的態度，所以，今年已經是二〇〇九年了，我依然努力在檔案中翻找他的資料、讓他的案子重生，從幽冥世界歸返，避免被眾人所遺忘。

良心是個很詭譎的事物，或許，我說的應該是憐憫。曾經有個朋友問過我，這個人是誰無關緊要，「你的憐憫之情從何而來？」我回他，「我不知道。」（不過我有個阿姨的確在非洲傳教。）憐憫不是胎記，我的家族裡找不到這種東西，對，他們當然很關心自己，但是對別人卻未必如此。

我出身的家庭，幾乎看不到什麼真正的利他行為。

我曾經去過一次以色列，在那裡的奇布茲集體農場、遇到一個加拿大籍的猶太人，他告訴我，「我們應當要成為基督教共產主義的實行典範。」他又問我，「你呢？」我回他，「哦，當然。」他繼續說道，「但這世界的其他人都不想認識我們。」這人是奇布茲的創辦人之一，「我實在很不想這麼講，」他繼續說道，「但大家絕對不會一早起來心想，『看，天氣真好，今天有沒有人需要我來幫點忙？』」我問他，「就連這裡也一樣？」我不禁好奇問他，「對，就連這裡也一樣。」

就他看來，利他主義是違反人性的行為，對百分之九十九的人類來說，利他主義是一種詛咒。

我可以理解勞倫斯的膽怯，還有他的詭辭與小心翼翼，當然，謹慎可能只是某種特質，並不是罪行，但是對我來說，勞倫斯這樣幾乎等於是背信罪了——就專業辭彙來說，他背棄了自己。法律人的腦袋讓我充滿困惑。醫生行醫前有誓辭，是吧，希波克拉底誓詞，要保護自己的病患。或者，至少以前是如此。律師也應該要有一套道德規範——如拉丁文格言所說的一樣，即便天塌下來，也要行使正義。至少這是勞倫斯的守則，他事務所的某面牆上有這句話，但他似乎已經忘了，而且，我的煩悶還不只這一樁。

我有點不知該如何啟齒，因為這是私人層面的事，不過，我還是會講出來。我一直認為勞倫斯是個勇敢的人，雖然我們的年齡有相當差距——他比我小二十五歲——但在我人生的第二塊母土上，他是我相當敬仰的一個人。他的眼神活潑開朗，讓我覺得很振奮。我記得自己在到紐西蘭之後沒多久，曾經寫過信給哥哥湯姆，「我覺得，澳洲人，對於自我的感覺相對強烈許多，他們高調張揚，幾乎可說是具有侵略性，彷彿希望大家不可忽視他們的存在。紐西蘭人有種目空一切的調調，但對於別人的輕忽目光毫不在意。這是一種更為靜默、更加簡約的自我。」我想，當年行文之間所投射的對象，應該就是勞倫斯。

他的許多面向，都符合了我的理想紐西蘭人典範，我來到這裡，非常喜愛崇仰他們的某種特質，而勞倫斯更是將其體現得淋漓盡致，這項特質，我稱之為自我的勇氣，我想不出其他的方法予以描述，也就是說，他不可能是任何人的禁臠，當教條之手沉壓在他的身上，並且對他附耳輕聲交代，「給我照做，不然你的律師之路就等著好看吧！」他卻大無畏回答，「隨你便。」但是我現在發現他遲疑抗拒，不肯伸出援手幫助他的當事人，我覺得勞倫斯背叛了他自己，也背叛了他的專業，進而背叛了他的國家，我心中不禁一陣落寞。

當然，我現在年紀已長——當年寫信給英格蘭哥哥的時候，我才二十八歲——現在有機會可以回頭檢視某些個人的看法，尤其是審視我自己。當然，我願意相信自己仍然對人類與理想主義保持樂觀態度。套用海軍的古早說法，「如果我不能幫助勞倫斯這種穿義肢的人往前一躍，豈不是叫我無地自容？」

結束與勞倫斯的通話之後，我情緒低落，找莉茲貝絲傾吐。「怎麼了？」她關切問道，我一邊講，她也仔細聆聽，但最後她卻哈哈大笑。

莉茲貝絲堅持，我發現成績單的那天晚上，回家時相當得意，但打給勞倫斯之後，自尊卻受到傷害，但她的話絕非實情——應該說是因為我的篤定感，還有道德感，不是因為自傲或自以為是，或是因為找到文件夾裡的一張方格紋成績卡、證明了我的直覺無誤，純粹是出於我意識到自己為所應為，感覺很開心。

第二天，我又進行再次確認。我把成績單上的內容轉到我書房裡的派克美電腦，再藉由莉茲貝絲的協助，將表格上的逐年分科成績轉譯為更容易看懂的資料。我必須說，對莉茲貝絲來說，這張卡片沒什麼特殊之處；可能像是石板上的楔形文字而已，她告訴我，那張成績單讓她想到的是乾洗店表單。但它對我來說卻別具意義，透過了電腦與我的詮釋之後，它已經轉化為一組圖像和故事，描繪出休伊在五歲到十六歲時、面對不同進程所產生的反應（他在十六、七歲時不顧爸爸的反對，毅然輟學）。如果，要在法庭裡娓娓道來他的故事，這就是了，他的特質盡顯，這張成績單，象徵的正是休伊。

距離開庭，只剩下兩個禮拜。

一直到開庭的前幾天，我依然抱怨個不停，莉茲貝絲和我大吵了一架。「這麼忿恨不平，根本不是你的風格，」她說，「你又不是律師，讓勞倫斯操煩這件事就夠了，如果他不想要找到這個男人，一定有他的理由。」媽的講得真是太好了，我回她，「但他的理由是有問題的。」她繼續對我解釋，「有些人必須要照章行事，你就少管一點吧。」我繼續辯，「但是他需要人幫忙。」「他不需要，你只會越幫越忙，你還記得自己前列腺手術發生的事情吧。」（有趣，只要談到皮帶以下的那個部位，女人就是可以把你吃得死死的。我當然記得，我人在醫院，剛動完手術，準備要下床走動、使用病房裡的電話，每個人都開始大聲指揮我，『左邊一點點……』『小心椅子！』『好，老兄，現在往前走……』等到我回到自己的小小角落，發現已經全身發抖汗濕，我精疲力竭，我忍不住心想，這些人真是越幫越忙。）「反正，」莉茲貝絲作了小結，「你管好你自己的部分，剩下的就交給他。」

我不記得爭吵是什麼時候開始的，可能在她這句話之前，也可能是之後。莉茲貝絲生氣了，自顧自走進臥室，她罵我幼稚又愛鑽牛角尖，太愛批評別人，她還說，我把權力看得太重，所以支配欲強烈，傲慢不知感激，而且還充滿偏執，我立刻頂回去，這番話未免傷人，我也知道她遲早會提這件事——她開始講我在度蜜月時幹的好事，我帶她遠赴義大利，到了西恩納，而到了飯店卸下行李之後所做的第一件事，居然是——因為在從機場前往飯店的路上，看到有個展覽的廣告看板——所以我們立刻去看中世紀刑求工具展覽。

我怒吼，「妳去逛街，我去看展，有什麼不好？」

「你就是這個德行！」她眼淚奪眶而出，大力甩上臥室的門。

我也出去，重甩大門，等到我回家的時候，她以意第緒語罵我，我心想，很好玩，從來沒聽她這樣罵過人，我問她，「那是什麼語言？」那不是德語也不是匈牙利語，我又問她，「還有，那是什麼意思？」她居然回我，「我怎麼知道，我又不會講意第緒語。」

我心生好奇，第二天我請莉茲貝絲又說了一次，然後在腦中默記這些字的音節，隨即打電話給她的朋友米瑞安，她會講一點意第緒語。「我的天啊，」她先以猶太語驚呼一聲，隨即向我解釋，「意思是說，希望你的肚臍眼長出紅甜菜，尿尿變成羅宋湯。」我說這聽起來還滿可愛的，米瑞安也這麼認為。我們又聊了一會兒，她問我，「你確定莉茲貝絲不會說意第緒語嗎？」我說，很確定，我告訴她，「莉茲貝絲會說匈牙利語和德語，法文和西班牙文，可能還有一點希伯來語，聖經希伯來語。但是她從來沒有去過以色列或俄羅斯，她說她根本不會說意第緒語。」

「聽起來像是西納沙漠裡發現的神祕碑文，」米瑞安回我，隨即又頓了一下，「被埋葬的記憶。」

17

我從來沒想到，原來勞倫斯也會有夜不成眠的時刻，遇到這種事，他也不會講出來。我當然也不知道，當我一派輕鬆告訴他「去找那個男人」的時候，這整個案子也很可能因為這句話而陷入危機。

勞倫斯實並沒有對我的建議置之不理，他開始和休伊的家人連絡，只是我對這一切毫不知情。當他問休伊的爸爸葛蘭人在哪裡的時候，他愛莫能助——不知道是愛莫能助或是不肯幫忙。根據勞倫斯的說法，這位父親因罪惡感而痛苦萬分，知道兒子曾經被人凌辱之後，他非常生氣，而且也不太清楚狀況，所以他覺得這一切都是自己的錯。就連休伊的媽媽也幫不上忙，但是她答應勞倫斯，會去問其他的家人，幾天之後，勞倫斯得到答案：這個人還活得好好的，住在奧克蘭北方的瓦克渥斯。

也就是在這個時候，勞倫斯下定決心採取行動，他向檢方正式提出控告，指稱他有足夠理由認定這名叫作葛蘭的男子、曾經在十四年前性侵過他的當事人；他要求檢方指派警察人員，要盡速找到葛蘭、並進行偵訊。

當勞倫斯打電話告訴我這件事的時候，我雖然鬆了一口氣，但同時也非常擔心。我的第一個想法是，找警察真是瘋了，我也實話實說告訴勞倫斯。

「我沒有其他選擇，」勞倫斯告訴我，「我必須照規矩來。」

「警察有沒有找到什麼？」我問他。

「我不知道，還沒有聽說。」

「我曉得這是我的建議，但萬一，」我繼續問他，「萬一他們找到這男人，而他全盤否認呢？或是他承認的話——」

「如果他認了，」勞倫斯打斷我的話，「我會聲請傳喚。」

「啊？是這樣？」我問他，「是哪一方的證人？」

「好問題。」勞倫斯哈哈大笑。

「你把我嚇死了。」我說。

「我們就等吧，」他說，「看看事情發展再說。」

距離開庭不到兩個禮拜，嚴格來說，只剩十天。

掛了電話之後，「勞倫斯搞砸了，」我告訴莉茲貝絲，「他怎麼這麼天真！」

「你應該要心存感激才是，」她對我很不以為然，「希望你要記得向他道歉。」

「道歉？為什麼？」

「一開始只因為他跟你意見不同，你就說他沒骨氣，現在他聽了你的話，你卻覺得他的作為不可取。」

「妳不懂警察啦。」我開始嘀咕。

「你這話是什麼意思？如果勞倫斯已經正式提出控告，他們就必須照規矩來不是嗎？他們一定得找到這個男人。」

「哈，哈哈，就算找到了，誰知道又會發生什麼事？我已經想到了五、六種可能的結果，對我們都很不利。」

「希望你不要再用『我們』這個詞了，這不是你的案子，這是勞倫斯的案子，你只是一個證人而已。」

「妳覺得檢方有什麼理由要幫這樣的被告？我想不出來。更糟糕的是，勞倫斯還覺得好笑。童謠是不是這麼唱的，『一二三四五六，抓黑鬼腳趾頭，他一鬼叫就放他走……』我猜八成是這個結果。」

「你在胡說什麼？」

「勞倫斯啊，我跟他說，『你把我嚇死了。』他哈哈大笑。你想想看，他完全不顧風險，傻呼呼晃到警察面前，『長官拜託了，可以幫我抓那個黑鬼？』然後他大笑，我想他瘋了。」

「查理小朋友，請你坐下來。」莉茲貝絲對我說道，「請你乖乖坐下來。」（又來了，只要她開始喊我『查理小朋友』，就是她要展現權威的時候到了。）

「查理，你聽我說，第一：無論這個人的膚色是什麼，這個國家都不准你講黑鬼這種字。第二：你覺得勞倫斯很輕浮，不過我猜他早就擔心死了。他花了多久時間提出控告？一個禮拜？好……五天，然後你說警察如果願意的話，可以在二十四小時之內找到人。所以呢？這些警察動作是有點慢，但我們也莫可奈何。第三：勞倫斯當然很清楚風險這件事，你忘記我認識你之前、也曾經為律師工作過，一個優秀的律師，除非早已知道答案、或是能夠正中對方要害，否則是不會開口提問的，你自己也很清楚，你一直很欽佩勞倫斯，你還曾經說過，他這個傢伙聰明才智過人，當你才剛講完問題，他已經可以立刻將問題裡的陷阱分析得頭頭是道，所以，難道你不覺得——」她說，「他早就評估過了風險？而且，你還忘了一件事——」

「我可以插嘴嗎？」我舉起手來，搖了兩下，大錯特錯。我隨手將一個陶瓶亂擱在書桌上，大手這麼一揮，瓶子摔破了。

「我還沒說完，」她繼續講話，也沒理會那個破瓶，「你忘記勞倫斯是紐西蘭人，他不像你，在倫敦碼頭區那種龍蛇雜處的地方長大，他是個有禮規矩的紐西蘭小男生，在業界也有聲望，他一定得照規矩行事。根據你的說法，他如果不是很蠢，就是很聰明，我想他應該是聰明的那一型。」

還有另外一個我沒有意識到的問題，勞倫斯面臨的兩難困境：不知道檢方或是警方的動作為何，固然值得擔心，但是更令人憂心忡忡的問題其實是在他自己身上——被埋葬的記憶，它將會影響我們這個案子的整體結構。

❖

一九八〇年代，也就是休伊被送到葛蘭家的那段時間，我記得曾經看過英美兩國有許多因疏於照顧小孩所發生的醜聞，蘇格蘭高地、奧克尼群島、中英格蘭都傳過案例。有位中英格蘭北部醫學中心的小兒科醫生表示，有兩百名以上的孩童正處於被虐的「危險狀態」當中。在美國，以宗教儀式虐童的可怕案件，佔據了報章雜誌與電視的主要版面，接受心理治療的女演員發現年幼時曾經被性騷擾過；育兒期刊也開始發表相關文章，教導大家如何發現小孩身上是否出現被壓抑的記憶；心理學學會與警方也針對宗教儀式虐童舉辦了研討會，專家對此意見分歧，「虐待」與「被壓抑的記憶」這兩個辭彙成了避雷針，引發醫學專家與其他人士的交戰。隨著爭論不斷擴大，新的案例報導也陸續出現，我只要打開報紙，似乎出現一種集體受害潮，被虐或疏於照顧的孩童們在被埋葬的記憶中、漸漸想起曾被人猥褻的過往。輿論持續關切，漸漸的，大家發現這所謂集體受害裡的許多例子都是虛構的，這是因為無知與恐懼的集體歇斯底里結果，宛如中世紀時的獵捕女巫運動一樣，而這些被披露的事件多半是源於愚蠢幫兇鼓勵——不只是鼓勵，可能還會誘導、威脅、買通這些小孩，讓他們編造出根本不存在的情節。在休伊案件爆發的同一時間，登上紐西蘭媒體頭條的基督城市立托兒所醜聞，正是一個至為明顯的案例。

這個案子，要從某名四歲男童的童言童語開始說起，他的媽媽一開始完全沒有採取任何動作，但有一天突然提出控告，警察被找過去，其他人的父母也受到慫恿，加入興訟的行列，托兒所裡聲稱遭到性騷擾的案件越來越多，當時的風暴中心是一位作風誇張、但很有愛心的托育員，名叫彼得・艾利斯，他被送進法院審判，當初的控訴事件，已經在大眾心目中演變成了性侵案，而且這個案子也「揭發」了不堪聞問的變童集團犯行、規模可能牽涉到三百名學童。不過兩三個月的時間，這間原本廣受大家歡迎的市立托兒所，卻成了包藏惡行的溫床；當法官對彼得・艾利斯判處重刑時，大家某種程度上也釋懷了——正如同某位國會議員所言——「這個禽獸加變態」終於被關起來，而他和某些托兒所同事的「五年惡政」終於也劃上句點。

我雖然是旁觀者，但依然看得一頭霧水，一開始似乎證據確鑿，小孩子異口同聲，都說自己被騷擾過，而且所有參與其中的大人也都相信他們的說法，包括了父母、警方、市政府與中央政府官員、心理治療師、社工人員、九女三男組成的陪審團，再加上經驗老到的法官。

「陪審團已經聽取這些孩子的陳述，」法官宣佈，「他們相信孩子的說法，我也同意他們的看法。」

那個時候，我們正準備要向上訴法院提起重審，我記得我曾經和莉茲貝絲說，但或許是她跟我說的也不一定：「你知道嗎？托兒業現在陷入危機，如果不是因為這個產業本來就很糟糕，不然就是這國家的整體司法系統失靈。」不過，諷刺的是，艾利斯這個案例顯然等於幫了休伊一個忙。

顯然基督城發生了一起殘酷惡行，受害者又是誰？想必有哪裡出錯了，但它仍是祕密，隱約不明。

其他人相當不安，就在彼得．艾利斯被判重刑之後沒多久，輿論的態度開始改變，指控背後的真相為何，依然成謎，但是我心裡很清楚——我知道在某些揭露記憶的遊戲型活動中、孩童是可以被操弄的——所謂的「記憶」包括了牽涉到強暴、亂倫、巫術、鬼魂、蠍尾鞭打人，甚至是殺嬰和吃人肉等千奇百怪的祭儀——我很想知道會犯下這種罪行的是什麼樣的人。回首當年，輿論態度急速轉向，焦慮的市民開始寫信給政府，全國到處都是請求展開調查的呼聲，就連先前製造恐慌可怕氣氛的媒體幫兇，也開始發揮良心，注意的焦點不再是代罪羔羊艾利斯，而是這些小孩。嫌犯繩之以法，本來讓大家鬆了一口氣，如今卻反而充滿懷疑，而且，這種情緒也越來越高漲，對於許多像我們這樣的人來說，這些在英美兩地案例的孩童證詞，存有許多瑕疵。

「媽咪，」——我想起來自己曾經在報導上看到的一段引述，此時躍然浮現——「媽咪，我又想起了一些托兒所的事情。」

就在我們的案子快要開庭的時候，要求調查基督城案件的呼籲聲浪也已經越來越高漲，但我沒有和勞倫斯說這些，艾利斯的判決想必讓勞倫斯感到義憤填膺，不只是他，全紐西蘭的律師都是如此。這些小孩的口供是否是透過施壓與操弄而取得？如果答案是肯定的，如果指控彼得．艾利斯的口供是偽證，那麼，我們的陪審團是否會受到影響？是否會相信休伊的故事真相？

當我剛找到這份學校成績單的時候，曾經讓我暈陶陶了好一會兒，我天真地以為，這個案子已經萬無一失，但是，現在我的心中卻充滿了懷疑。

18

休．湯瑪斯．佛雷瑟．唐斯頓的審判，也就是休伊的第二次審判，在某個週二正式登場，地點依然是在康福德的高等法院，日期是一九九五年的三月十五日，還是十四日？我記得當我在開庭首日離開飯店、走到高院的路上，心中曾暗自期望不要在三月十五日開庭——我依稀記得占卜師曾經在三月的某一天警告凱撒，要他在前往羅馬元老院的時候必須小心。

開庭的前一週，有好事也有壞事。莉茲貝絲和我到南島的漢莫爾溫泉、度了一個小假，週四還是週五的時候，我們返抵威靈頓，勞倫斯打電話給我，聲音有些雀躍，他說警方找到了當年對休伊施虐的那個人。

「史派羅打電話給我，他說有新發展，契斯，他們抓到人了，」勞倫斯的話還沒說完，「還有，他也認了。」

「要傳喚他嗎？」

「我還不知道，他現在被拘留在北區。」

「也就是說，他是檢方的證人，對吧，因為他人在警方手上。」

「史派羅昨天才打電話給我，他們已經訊問過他了，也有錄影存證，我已經請他寄給我一份。」

「我已經盡力了。」勞倫斯說道。

他說，這個男人的姓氏是康斯塔伯，全名為葛蘭・康斯塔伯。我心想，這個時機真巧，先前他已經因為某一與休伊案無關的罪名、在北地法院遭到起訴，就我們看來，這不算什麼壞事，但是事情也沒那麼簡單，我覺得警察應該是很快就循線找到了這個人，我估計應該是兩週之前，但卻拖到最後一刻才告知勞倫斯。不過，我聽得出來，勞倫斯依然相當開心。

這是好消息，壞消息是，休伊出現憂鬱問題。他們將他從帕雷莫雷摩送回康福德、等待重審，但他卻開始退縮不語。勞倫斯告訴我，他整夜失眠，但是也不肯服藥治療，究竟是因為過度煩躁還是因為家庭的壓力，勞倫斯無從得知，他問我，有沒有可能是因為休伊認為性侵案曝光會讓家人蒙羞、因而讓他痛苦不堪？我想到的是，有可能是藥物引發的作用，但莉茲貝絲卻認為，應該是他童年記憶再現所造成的影響（結果後來才知道，大家都猜錯了，起因是某件很小的事，而且與審判沒有關係）。

那個早晨，我走在往法院的路上，都在思索這兩件事情，空氣中透出一股寒氣，我聽到河邊有鴨鳴與小孩玩耍的聲響，突然，有個東西，可能是球還是棍子，咻一聲飛來，然後小狗隨即從我旁邊衝過去，害我幾乎快摔倒了，距離法院只剩下兩三百公尺左右，但是我必須停下腳步，因為我現在已經失去方向感，我記得河邊有條櫻樹小道可以通往幹道，但是這條路居然消失了，也許交叉口在更高一點的地方？不過，空氣中充滿著我記憶中的樹花氣味。我初次到康福德執行假釋工作的時候，郊外還有野豬，紫水雞在公園裡的土壤裡探食，也不算什麼特殊奇景，火車站外頭偶爾還可以看到有人拴住的馬匹，不過，除此之外，最讓我驚訝的還是這個城鎮流露濃厚的英式思維，是我熟悉的社會基本架構，但它的發展也如大富翁遊戲一般，難以令人預料，現在，似乎一切都不一樣了。

我走到退伍軍人協會舊址（我知道現在這裡是賭場）角落的紅綠燈處，正準備要過馬路的時候，傳來一個陌生的聲音對我說，「你走過頭了，」他似乎知道我的目的地，「過頭了，沒那麼遠。」我們一起回頭繼續走。

「我很討厭當陪審團成員，」他告訴我，「反正他們也不會挑我，我知道。」為什麼？我心中一陣納悶，難道這位先生穿著迷你裙？但是他也沒有多作解釋，反而開始大談他認識某人，曾經是第一次審判陪審團的成員，我不得不打斷他，「我想，還是請你不要再談這件事比較好，我是這個案子的證人之一。」

「我知道。」語畢，我聽到他發出如馬嘶一般的聲音，我後來發現他的職業是土木工程師，最後，我們在門廊處分開，各自行動。

距離十點還有二十分鐘，我找地方坐下來，背對著河邊，但後來又到了大廳的另一邊，剛好斜對著面朝公共圖書館方向的另一個出口，只要勞倫斯一走進來，馬上就可以看到我。

我需要一個說法，關於那個葛蘭，當我從飯店出來的時候，我想到了一些事情，很重要的事，兩天前，我最後一次在電話裡問勞倫斯，是否想要傳喚這個葛蘭，也許有機會可以讓這個殘虐的人站在證人席、當面向他對質，這個孩子的一生就這麼被他毀了，是無可狡賴的事實。不過，勞倫斯只是隨便打發我，他說他還沒有確切的想法，我問他，「是不是來不及？」「不是。」他的回答俐落爽快，但隨即轉移話題。

我從來不曾責怪勞倫斯檯面下的各種運作，但是他這麼粗魯無禮卻讓我深感不安，即使到了現在，不安感也未曾消退，巧遇那位工程師，曾經短暫讓我忘卻了這件事，但我坐在大廳裡才不過幾分鐘，我又立刻想起來，一定得要趕快告訴他，這茲事體大。

門廳越來越吵，這是個圓形門廳，地板光溜溜的，應該是大理石或瓷磚。這裡像是一個回聲室，當然，還是有某些普通的小物件填補這種空曠感，像是標示「男廁」或是「違規停車罰款」之類的標誌，但是對我來說，這裡宛如一片封凍的馬鈴薯田，但是荒瘠的程度卻倍勝於此。整個大廳裡充滿了人聲，他們從街上進入大門之後，隨即上樓前往各個法庭與會議室。有幾個人上前與我打招呼並自我介紹，表示我們曾經在第一次審判時打過照面，其中有一個人是獄醫，也就是當休伊第一次進監獄時、發現他絕望哭喊的那位醫生。在勞倫斯的慫恿之下，這位醫生、勞倫斯、我自己，還有那位心理醫生托比．威廉斯，在幾天前的晚上以電話開了一場漫長的會議——對於我們準備在法庭裡提出的診斷結果、終於達成共識。

距離十點只剩下五分鐘，勞倫斯終於匆匆趕到，他說他得趕去律師更衣室，我們可以等到當天開庭結束之後再會面。大廳裡有個人突然朝我走過來，用力猛握我的手，力道之強勁，讓我的眼裡冒出淡橘色光束，不禁讓我想到小時候曾經看過鐵匠在馬蹄鐵上打出火花。我一度以為那可能是休伊的爸爸，但是氣味不一樣，這男人的鬍後水味道很濃，而且指甲圓整無裂，一直到今天我都還不知道那個人是誰。

挑選陪審團成員一共花了四十分鐘。正當要開始審理的時候，有一位陪審團成員要求退出，因為就在休伊殺人之前沒多久，曾在一間製繩工廠工作，而他正是那家工廠的廠長，所以他離開了陪審團。後來，又有一名女性成員請求退出，因為休伊曾經當過幾次她小孩的保姆，不過法官卻不同意，這位女子仍然是陪審團成員。這次的陪審團以女性居多——八名女性，四名男性——不像第一次審判的時候是一半一半，六男六女，我對此也不明就裡。

我已經整理好威靈頓家中的書桌，準備全程參與這場審判，這是勞倫斯提出的要求，我悉數照辦，不過，我還是覺得他有事情瞞著我，不肯說出來。也只有那麼一次，我們過街去喝點東西，但也幾乎沒有機會討論這場進行中的審判。他必須同時掌握三十名證人，其中有兩名未克出席，然後還有一位老師臨陣改變心意，決定轉向檢方那邊，幸虧有勞倫斯的兒子持續告訴我最新狀況。

大部分證人的名字，我都叫得出來，我很清楚法庭裡的空間配置，審判的形式與內容，還有基本程序；我坐在絕佳位置（法官特許我坐在靠近律師桌旁），一字一句我都聽得很清楚。謀殺案的審判有一種特定的主調，你看不見，但卻可以感受得到，大家在表述時，無論有無特殊表情，都會出現某種聲調，（至於姿勢動作我是看不到的），除此之外，我雖然失明，但倒也不覺有特別不便之處。

第一天只是在進行背景敘述，想也知道了無新意，不過我還是聽到了以前不知道的案情內容。負責訊問的探長表示，當他們知道屋內有屍體之後，立刻衝回現場破門而入，發現有個流浪漢佔據了後頭的某個房間。這個人是從窗戶偷偷爬進去，接著就在裡頭睡大覺，完全不知隔壁躺著一具屍體。第二天，我覺得自己似乎著涼了，中午的時候先回去飯店吃了普拿疼，小憩兩個小時，醒來時依然覺得不舒服，又倒回去睡，再醒來時已經恢復精神，我想起來有事要告訴勞倫斯，當時是四點十分，我穿好衣服，趕緊回到法庭，但卻發現當天的審判已經提早結束，大家全都離開了。

❖

就我的經驗來看，審判總是會在某個時候會出現關鍵、決定最後一刻的輸贏。有次我在倫敦的老貝利法院全程聆聽一場審判，有名十二歲的西印度裔男孩，在教室裡持刀殺死了同學。結果，在現場目睹這起案件的三十五名學童全都到庭作證，但陪審團做出決定的關鍵，卻是其中一名小女孩的證詞，她曾經暗戀過死者，一開始講話的語氣極為氣憤，後來，她突然陷入沉默，或者應該說，大家幾乎都聽不到她的聲音了，最後她的聲音轉為喃喃低語，後來，在陪審團房間裡，那番低語一直迴盪在大家的心裡。

我深信，之後在我們的陪審團房間裡，一定有會出現這樣讓人無法忘懷的片刻，但當然不會有人能夠預卜先知，究竟是哪一刻會成為關鍵。

休伊坐在我後面的被告席，幾乎就在我的右耳旁，就像被關在籠子裡的證物一樣。我猜當初設計法庭的人是依循直覺、創造出這類視覺焦點，不過，我偶爾也不免懷疑，膨脹的自我意識，減損了大家對於真正實質事務的注意力，恐怕是某種疏失。我以前就知道，當被告成為眾人注目焦點的時候，法官會臉色大變，跟嘔吐物的顏色一樣難看，他們身為女王代表的至高權力，卻宛若大英帝國在香港的角色一樣多餘。不過，我們早已廢除了戴假髮以及身著貂皮長袍的制度，也許現在的氛圍已不若以往那麼詭異了。

說到他的精神狀態，勞倫斯很擔心他在證人席上說不出話來，我也很擔心，有一次，我身體略略向後傾，感覺到一股焦慮的氣息。我必須解釋一下，如果我將椅子稍微往後傾，頭幾乎可以碰到證人席的欄杆，雖然在審判過程中，我碰觸到好幾次，但我記得最清楚的那一次，是休伊爸爸在第二天或第三天時、為檢方擔任證人、陳述主要證據的那個時候。他突然被叫上證人席，比預定時間早了一天，他完全毫無準備，依然穿著工作服，戴著那頂發臭的帽子，有破洞的套頭毛衣，而且，勞倫斯還說，休伊的爸爸覺得好丟臉（不過，從他兒子在證人席散發出的焦慮汗味，我知道他兒子比他爸爸更覺得難堪；他為他父親汗顏，簡直激動得不知如何是好）。

當然，後來勞倫斯也說，其實這對我們有加分效果。

勞倫斯一直不肯讓我去監獄探視休伊，也讓我困惑不已，不過，我還是在休息時間偷偷碰了他。當我起身的時候，我耍了點小動作，打開拐杖的時候假裝快要摔倒，所以我可以靠在證人席邊、伸手扶著欄杆，休伊可以握住我的手一下下，但隨即被人阻止。有時候，在當天審理結束的那一刻，我也會轉身面對著他，一直等到他被帶離大門之外。據說盲人擁有一種神奇的能力，與跛行者產生同理心，並且能幫助他們走過黑夜，我希望，但不確定是否能將這股神力傳達給休伊，黑暗，是人類的仇敵，我知道。

如今回想起來，我還是不知勞倫斯是否為了掩飾自己的不安，所以才誇大了休伊的心理問題，他的焦慮程度，比我擔心的還要嚴重，最糟糕的是，檢方還安排了一個安靜的證人，藉以恫嚇勞倫斯。這個人是澳洲籍的心理學家，他坐在檢察官的旁邊，不發一語，只有那麼一次，他站起來，檢方介紹他的身分，之後大家都知道他是世界級的權威，對於被埋葬的記憶有深厚的研究。他天天都到法庭裡來，唯一的目的就是要嚇唬被告。我想，這種效果是不斷積累的。其實，勞倫斯幾乎什麼都沒告訴我，我對此毫不知情，一直到審判快要結束的時候，我才知道真相。

19

這次的審判一共花了十天的時間，當然，這案子跟之前一樣，並沒有受到全國性媒體的關注。不過，當我在第三天、也就是休伊提供證詞的那一天，進入法庭裡的時候，發現裡面擠滿了人，大家都引頸期待。我覺得，當我走進這樣的一個空間裡，應該就像是一個明眼人早起時拉開窗簾、突然看見外頭的世界一樣吧。

休伊被訊問的時間長達三個多小時，勞倫斯從他三歲的事情開始問起，鉅細靡遺。我也第一次聽到他描述那位施暴者——高高瘦瘦、淺淡髮色、亂七八糟的鬍子——我心中不免期待勞倫斯等一下會當眾宣佈，那個人等一下就會出現在法庭裡，但他並沒有說出這句話。證人席的位置在法官左邊的角落，正對著陪審團的位置，陪審團在我的左方，我必須很努力才能聽清楚休伊所說的話。他崩潰了不止一次，他說出自己所遭受的性侵情節，話語斷斷續續，幾乎聽不到，醫院裡他哭著告訴我的那一幕，彷彿又再次重演，我很替他開心，他又哭了一次，也希望這看起來不至於惺惺作態，事情已經發生了十四年，這不過是他第二次說出了這段過往，而且還是在大庭廣眾之下，在他家人的面前，這需要很大的勇氣。我不知道陪審團成員有什麼反應，因為我看不到他們的臉。

福爾摩斯的作者柯南・道爾曾經寫過這麼一段話：「被告有半羊人的雙眼，他站在被告席裡，忸怩不安，宛如被迫從舞台地門現身表演的演員。」我真的好想看看休伊的臉，還有他眼裡的流轉神色，他有一隻眼睛的上半部會不自主抽搐，這都是因為三歲時的燙傷所留下的後遺症。他告訴我，其實他現在剩下的情緒，就只是害怕而已。勞倫斯帶引他走入當年的拖車事件，我不斷聽到他說，「我覺得好害怕，很噁心。」

還有，「我不敢逃走。」

還有，「每一個人都讓我很害怕。」

我注意到法官很少打斷他說話，不過，有一次他開口問道：

「你說，這個人綁住你的腳踝，還威脅你不准告訴別人這一切？」

還有一個問題：

「你說自己依然無法相信任何人？」

當法官提出這個問題的時候，休伊的精神似乎振奮多了──「我現在好多了。」他才剛說完，有個陪審團成員咯咯笑了出來，隨即又發出如馬嘶般的大笑，我記得那個聲音，不想當陪審團成員的那位土木工程師，無論如何，他的如意算盤沒有成功，現在他還是坐在裡面。

在我的電腦裡面，休伊的證詞佔了有七十頁左右的篇幅，如今我再次重聽，他的平穩沉著真是出乎我意料之外。證詞的謄本總是會有問題，法庭陳詞的音調與聲調化作文字，也因而遭到扭曲。我自己心裡很清楚，休伊無心討好陪審團，我也確信勞倫斯事前沒有下指導棋、提點他要以自己無比誠實的態度、去面對檢察官的連番猛轟，有那麼一兩次的針鋒相對，讓我印象深刻：

檢察官：當天你喝醉了，對嗎？

休伊：不是這樣，我有喝，但沒喝醉。

檢察官：你藏屍之後，出了小屋，對車子做了什麼？

休伊：我用斧頭敲電瓶樁頭，發動車子。

檢察官：然後呢？

休伊：我回到屋裡，那個老人還躺在地板上，他還有呼吸，所以我又動手打他。

檢察官：你是用斧頭猛砍他？

休伊：對，我想我那時候還聽得到他在呼吸。

還有另外一段：

檢察官：你說你以反手攻擊他？

休伊：我用撥火棒打了他兩次，第一次是反手——

檢察官：他只不過坐在椅子裡捲菸，為什麼你要做出這種事？

休伊：他沒有。我在撥火，彎身讓火更旺一點，他手伸過來摸我的大腿，所以我第一次用反手打他，我感覺有隻手摸進我的大腿，我回頭一看，看到那張臉，對我微笑——

檢察官：好，你用反手打他，但如果他在你後面，怎麼可能反手打人？

休伊：我是左撇子。

檢察官：哦！你怎麼沒說你是左撇子呢？唐斯頓先生，請你拿著撥火棒、讓大家看一下，你在持斧砍人前的這兩個打人動作。

休伊：（示範）這樣，打了兩次。

檢察官：好，一次是反手，一次是正手。如果你真如自己所宣稱的一樣完全失控，為什麼不繼續打他？為什麼只打了兩下，不是二十下？三十下？五十下？

休伊：我不知道。

檢察官：當你拿著砍柴斧、對準那人的眉心砍下去的時候，你知道會對他造成何等傷害嗎？

休伊：我不知道，等到我離開屋子的時候，才發現自己做了這種事。

檢察官：你根本沒有激動失控，你知道激動失控是什麼意思？

休伊：不知道。

檢察官：好，唐斯頓先生，你還可以想到汽車電瓶、汽車鑰匙、屋內燈光、大門沒鎖、拉上窗簾等等之類的事情，你的記憶很清楚，雖然——

休伊：（突然打斷檢察官）史派羅先生，介意我問你一個問題嗎？你有沒有被性騷擾過？

休伊排在週四，而我是在週五，等到週四庭審結束，我和勞倫斯一起出去喝點東西，我告訴他我週五晚上必須返回威靈頓，不知道他是否希望我週一再趕回來？「啊，當然當然。」他告訴我，他已經準備好在週一傳喚那個男人，葛蘭。

「現在你總得要告訴我了吧，」我大感意外，現在才知道他偷偷醞釀了這麼久，卻什麼都不說，「勞倫斯，希望你講清楚這到底怎麼回事。」

「再喝一杯吧？」他自顧自走到吧台去，我們喝的是威士忌，等到勞倫斯點酒回來，我繼續問他對案子的看法，「我覺得陪審團有聽進去，」他這麼告訴我，「不過第一次審判的時候，我也是這麼認為，你怎麼看？」我說，我很難判斷法官的心思。

勞倫斯又說了，「契斯，我一直在注意你，休伊不是問檢察官有沒有被騷擾過嗎？你不喜歡他這麼問，對吧？」

「對，不太尊重人，聽起來態度自大。」

「不要擔心，契斯，你過慮了。我們所說的司法正義，變化莫測，我有時候在想，它像是藝術，總是會出現，但都在隱密之處，世間萬物，都有一個這樣的祕密地帶。」

「這句話是誰說的？」

「我，我剛才突然想出來的。」

我覺得勞倫斯態度很輕佻。

「我想起來一件事。」我說。

「我也是，契斯，是星期二，不是星期一，我弄錯了。我傳喚他的日期是星期二早上十一點。」

「好，我一定到。我要告訴你的是，等到這傢伙到現場的時候，不要讓他和任何人接觸，我的意思是，休伊的家人，拜託，千萬不要，不然後果不堪設想，請務必記得。」

「當然，」勞倫斯告訴我，「我知道，不要擔心。」我覺得自己特別提醒他這件事，簡直像個白癡。

20

我把最後的診斷定為創傷後壓力症候群，現在，大家對於這個症狀的頭字語PTSD的熟悉程度，已經不亞於WMD（大規模毀滅性武器）——甚至搞不好還更耳熟能詳。雖然創傷後壓力症候群被認定為某種戰時神經官能症已有百年左右的歷史，但是在休伊接受審判的時候，這還是一個相對陌生的概念，大部分的群眾依然一無所悉，還不曾有人在刑事法庭中、以此作為殺人嫌犯的辯護理由。就連在精神病學領域裡，這個症候群獲得正式承認，大約是在一九八〇年前後，所以也不過只有十多年的事而已。我在週五出庭作證時表示，這的確具有指標性意義，因為自此之後出現了許多相關的研究報告，都與越戰退伍軍人有關係。

而且，我還特別指出，歷經過納粹屠殺的猶太人，也有一些類似的案例。

「教授，請您告訴大家自己的經驗，」勞倫斯說道，「我知道您有一些個人體驗。」在我進入證人席之前，我與勞倫斯已經事先演練過這個段落。

我說，其實嚴格來說，不能算是個人體驗，但我敘述了自己造訪奧茲維辛與達豪兩個集中營的經驗，還有我到了以色列與世界其他地方、與猶太反抗人士和歐洲集中營倖存者共同參與的許多會議。我也提到內人莉茲貝絲的家族，因納粹屠殺而幾乎慘遭滅族，與創傷有關的記憶，也在不知不覺的狀況下，延伸到了第二代與第三代。我還提到最近新聞中出現的大衛·貝恩案，他是個二十二歲的大學生，還是合唱團裡的一員，他最近也要接受審判，因為他被控謀殺自己的父母、兩個妹妹，還有弟弟。據報導指出，距離初次訊問已經有十二個月的時間，但曾經到達事發現場的警察，到現在都還會出現情境再現的惡夢。我還提到自己曾經在英國的某間診所、遇過一位曾在北愛爾蘭準軍事單位服務的男子，他會在不知不覺的狀況下，於半夜時出現情境再現的問題，他起床，全副武裝，帶著自己的私人步槍，開車出門，開到離家五百五十英里處的時候，因為爆胎而必須停在路邊，兩位路過的摩托車騎士停下來幫忙，他卻拿槍威脅他們，搶了他們的車子之後揚長而去，等到他被逮捕的時候，他依然不知道自己剛才做了些什麼事情。

我說，「消防隊員都知道這種心理困擾的問題，因為經常發生，而且搜救隊員也是。曾經到伊里布斯山墜機現場救援的人告訴我，後來只要看到飛機在空中飛過所排出的廢煙，都會讓他們想到當初的可怕場景。在這樣的過程中，沒有任何的對話空間，我之前也曾經提過，它跳過了理性分析的正常模式，這是不由自主的反應。」

「事前是否會出現警訊？」勞倫斯問道。

「通常沒有，在唐斯頓先生的案例中，是完全沒有。」

「教授，你所描述的現象，是否確實與唐斯頓先生的案子有關？」

「是，診斷的依據標準非常嚴格。」我也列舉出在休伊案件中所出現的創傷後壓力症候群徵狀，一共有四大要點：

重複出現的創傷事件情境，包括了當時的畫面、惡夢、夜驚。

一旦接觸到與創傷事件相關的事物，便會出現強烈的困擾情緒。

避談與創傷事件有關的想法和心情，也不想提及與創傷事件有關的人　與對話內容。

情境再現，導致原有創傷復活再生。

「答案很明顯了。」我作了小結。

「你也提到，在瞬刻之間觸發記憶洪流的關鍵，就是去摸大腿的那隻手？」

「是，這正是拖車性虐事件的引爆點再現，而且，死者的臉部特徵也與那個人很類似，我們也聽到唐斯頓先生提到，他看到的是另外一個人，他以為自己毆打的也是另外一個人。同時，空間也非常類似，小屋裡的房間在他眼中縮小了，他說，他回到了拖車裡頭。」

「教授，就你的經驗與文獻資料看來，你是否可以在這種情境再現、以及歷經創傷的退伍軍人之間，找到相似性？」

「兩者相當接近。」

「而這種記憶一直處於休眠狀態，隨時等待再次被引爆。」

「不過，」我繼續補充，「唐斯頓先生從來沒有講出這段過往，記憶一直緊緊跟著他。」

「算是被埋藏了起來？」法官開口問我。

他的聲音很輕柔，不知是從哪兒傳來的聲音，輕飄飄的。這是法官第一次打斷我，我在證人席已經待了四十分鐘，也許是一個小時，我停下來潤唇，想要伸手拿水杯，等到水杯送來，我迅速飲光，但依然沒有說話，我知道給法官的答案是「對」，不過，要是說出了這個答案，也有其風險，可能會捲入彼得．艾利斯案中的虛構記憶爭論，而我必須讓休伊與其保持一定的距離，法官心裡在想些什麼？也許他問這個問題並沒有什麼特別的意思，但我如果給他一個直接了當的「對」，想必檢察官一定會在交叉詰問時緊咬不放，恐將造成傷害。

我和勞倫斯預先演練的時候，並沒有想到這個部分——我們避開了這個問題，沒有達成任何結論。

還有另外一個風險，休伊對於其他事件的記憶會與事實有相當出入，比方說，燒傷病房被隔離的過往就是一個例子，檢察官之前已經針對這一點窮追猛打，藉以削弱休伊證詞的可信度，他一直在玩這種把戲，唯一的回擊之道，就是強化休伊的誠實特質、提醒大家是休伊自己向警察主動供出所有細節——甚至包括了關燈，拉上窗簾，以防別人看到屍體——當然，這都是在情境再現結束之後的事。但這麼做也有風險，等於坐實了檢方所宣稱的「專業級的掩蓋手法」，我們可說是動輒得咎。

最後，我還是迴避了法官的提問，我只是一再強調，過了十四年，休伊的惡夢可為明證，這些記憶從來不曾遠離。

「如果說『被儲存』下來，會不會好一點？」勞倫斯滿懷期待。

「被儲存，但依然可以存取，」我的目光穿透緊閉的眼瞼、凝結在前方的長椅，「記憶，可以被壓抑，但永遠不可能被抹消。」我留下這樣的結論。

❖

就某種程度來說，我的工作算是已經告一段落，我提供了自己的診斷，終於如釋重負，再來只需要提出辯護即可。我告訴自己，猜測檢察官的想法、或者想要破解他的推理方式，都不是我的職責所在，不過，事到臨頭，你說我固執乖僻、愚蠢都可以，但我就是想要試試看。記得在第一次審判的時候，史派羅曾經抨擊過我的可信度，我依然忿恨難消，我捫心自問，讓我覺得隱隱不安的其實是證人葛蘭，如果他站上證人席，卻全盤否認一切呢？我安慰自己，檢察官搞不好也一樣擔心不已，深怕這位證人會幫了倒忙。

在我的交叉詰問時間，出現了許多專業的討論，我如果能夠知道史派羅所站立的確切位置，應該會覺得更自在一點。他的聲音，又開始飄移。

「回到情境再現的問題好吧？」他開口問道，「你說它持續的時間很短暫。」

「相對短暫。」

「那就讓我們來一起還原吧？教授，這起攻擊殘忍至極，被告激動失控，他自稱，『突然有股怒火』，所以動手殺人，你的說法是，情境再現，但是他在極短的時間之內，怒火卻出現了兩次不是嗎？『短暫？相對短暫？』教授，我們一定得要弄清楚是什麼意思吧？」

交叉詰問在週五午餐過後開始，幾乎花了整個下午的時間，起初我以為檢察官只是在重複他的基本觀點——休伊的激憤與因之所發動的攻擊，不成比例。我已經對此有了萬全準備，他一指稱休伊是個狡詐的雙面人，我也立刻舉出基督教救世軍到康福德監獄、探視休伊之後的評語，與其他的囚犯相比，「很特別，」我問，為什麼他看起來很特別，那位救世軍代表告訴我，「因為他的稚嫩無知，只是個鄉下小孩，連車票都沒看過。」

「這只是聽來的消息，我們完全無法接受，」檢察官繼續對我窮追猛打，「教授，你自己也知道吧。」我同意，但我還是想冒險一試，法官已經警告陪審團不必理會我剛才說的話，如果史派羅先生想直接詢問這位救世軍代表的話，會請這位先生到庭。為了這一段話，法官嚴正駁斥我，檢察官還趁機損我。史派羅早在問我之前，也知道我會給他什麼答案，而且他也很清楚，我知道他心底在想什麼，但他還是依然跟我纏鬥，甚至再次質疑我的筆記的可信度，我覺得他在重施故技，只是在玩老招。

「教授，那這個部分呢？『他知道自己打的人是他。』我現在要回到你在醫院裡所做的訪談，這個他，指的是受害者，也就是死者。」

「不是，這個他，指的是葛蘭，當年的性侵者。」

我又抓不到檢察官的聲音了，飄來飄去，雖然他幾乎就站在我的旁邊，但是那個聲音彷彿是來自別的地方，我也漸漸搞不清楚他究竟在哪裡。對一個盲人來說，這種狀況令人很不安，這意味著我無法對準對方發言。勞倫斯後來告訴我，其實在進行交叉詰問的時候，史派羅很少正眼看我，所以他的問題、肢體語言，還有他的笑容，其實面對的都是我右肩後牆上的某一點，或是對著椅子，不過他有時候也會旋身、面對房間另外一頭的陪審團成員，彷彿他沒有辦法時時看著我這樣的一個人，雙眼緊閉，似乎一直在睡眠狀態。其實，我只是很專心思索自己要回答的內容。我想這種關係自有某種如詩般的公平正義，某種對等原則——因為我看不到他，結果變成他也看不到我，原來這種干擾效果是交互作用。

「教授，你確定嗎？」

「是的，他說的是葛蘭。我曾經問過他，他只是覺得死者長得像葛蘭？還是覺得他打的那個人就是葛蘭？他說，他覺得是葛蘭。」

「不過之前你所使用的辭彙是『以為』，你為什麼不說『他以為自己打的人是他？』」

「因為他說過他很確定，而且他有時候也會在不知不覺的狀況下將這兩個名字講反——他有時提到死者時，還是會稱他為『葛蘭』。」

「你的摘要，都是從病歷報告所整理出來的嗎？」

「是。」

「好，那我們看這一個部分吧。『雖然他現在了解到，自己攻擊的對象「並不是」那個先前的施暴者，而是另有其人……』這段話沒有出現在摘要。」

「沒有，是在我的病歷報告裡面。」

「還有這個部分：『他不想再讓這種事情再次發生。』這是在摸大腿之後，或是那男人在看他的時候，但這段話沒有出現在你的病歷報告裡。」

「這句話出現在摘要。」

「太好了，那麼，難道你不認為這個關鍵剛好說明了——」

「我認為你過度解讀了我的摘要，史派羅先生，我認為我已經在我的結論中、完整概述了一個受過傷、被虐待的孩子的相關反應，例如，完全失控的強烈情緒。」

「教授，你又提出了個人見解吧？好，在你的摘要當中，哪裡有創傷後壓力症候群的文獻資料？」

「在我的摘要中，沒有創傷後壓力症候群的文獻資料。」

「既然答案是沒有，可以請您告訴大家是如何得出這個特殊的診斷結果？」

來來回回，我們都精疲力竭，我一度還引用了榮格的話，這個舉動似乎觸怒了檢察官，他指稱我是「賣弄心理學術語的榮格派信徒」，而且還提請法官注意。法官說，他年輕時候相信佛洛伊德，但是他不知道我們雙方所指為何，我想他的態度相當公正。最後，我們終於走到了學校成績單的部分，此時我也覺得略鬆了一口氣。總算有個東西讓對方難以反駁，就算我沒有因此佔上風，但也可以讓詰問告一段落，後來也的確沒有出現爭議，史派羅先生表面上似乎接受了這套說法，他不再提問，接下來是一陣沉默，我基於本能，已經伸手去拿拐杖，還將身體轉向最後一個話音出現的地方，只要等他說出「謝謝教授」之後，我就可以起身離開證人席了。但是，我卻聽到一陣輕咳，史派羅還沒有打算結束，他的問題來得意外。

「教授，那麼，你說路燈呢？」

他更往前了一點，聲音還略微上揚，再次重複了這個問題。

路燈這個問題，在第一天的時候已經討論過了，這是檢方堅持的「藏屍延長戰術」的論據之一，警方宣稱已經全面盤查過小屋與鄰近地區，根據他們的說法，休伊盜用了死者的車，先把路燈搗毀之後，才駕車離開現場，所以不會有人看到他離開那間房子。在法庭上所播的那段訊問錄影袋中，休伊沒有否認但也沒有承認砸毀路燈，「我不記得了。」錄影帶裡的他是這麼說的。

不過，他說的是實話，要是他「刻意」砸毀路燈，將會成為最具有殺傷力的證據。

「所以呢？」我正等著史派羅的進一步說法。

「教授，當你在醫院裡和唐斯頓先生會面的時候，他有沒有提到路燈的部分？」

「沒有。」

「他有沒有說他先砸毀路燈後、才開車離開？」

「沒有，他根本沒有提到路燈的事情。」

「真奇怪，他似乎對於逃走之前的事情，都會一一招認，教授，你很確定嗎？」

「很確定。」

「沒有其他問題了。」

「我覺得，這一步確是高招，」勞倫斯後來送我去車站，在路上告訴我這一番話，「我先前有預感他會打路燈牌，但等我想到要警告你的時候，已經太晚了，契斯，抱歉。」

最後一天，我早已先從旅館退房，在中午過後、帶著自己的行李到了法院；巴士五點鐘出發，我帶著行李，由勞倫斯開車帶我到車站去，時間還綽綽有餘。

我問勞倫斯，「他『有沒有』砸路燈？」

「老實說，我不知道，如果檢方能夠證明他有做這件事，對我們很不利。」

我回他，「但顯然他們也無法提出確切證明，不然今天史派羅也不會設下這種陷阱給我。」

「這種事，我可不想賭賭看。」勞倫斯一邊對我說，一邊把我的行李袋放進巴士裡，又對我拍拍肩，這是他跟登上聖母峰第一人，愛德蒙・希拉利爵士所學來的習慣。「旅途愉快，我會研究找出路燈的真相，幫我向莉茲貝絲為好。」

「下週二見。」我向他道別。

21

週一繼續進行審判，我也在週二早上到達康福德。我本來希望週一就過去，但是我們的小女兒遠從吉隆坡飛回來。這趟她是與夫婿一起回來，因為她先生擔任某間醫院的高階主管，要與政府洽談業務，週一是我唯一能夠見到她的機會了。我那個週末過得平靜開心，週日早上，莉茲貝絲和我去了一間苗圃，我走在這些苗地之間，我可以認得某些植物與灌木的氣味，我對著莉茲貝絲喊出它們的名稱，這真是令人開心的遊戲，等到我回家的時候，那些香味還是讓我暈陶陶的。苗圃是我的最愛之一，對於負責栽種與照顧我們小花園的莉茲貝絲來說，苗圃則等同於補品。而對於一個像我這樣、不做些動腦的事就覺得自己一無是處的人來說，這些植物具有安神的效果，可以讓我暫時分心，我雖然不得其解、卻依然不斷苦思的習慣，也可以因此得到紓解。

我們曾經一度討論起休伊的審判，因為我提到了破路燈的問題。

「很糟糕，」莉茲貝絲說，「如果路燈真的是他砸的。」

「為什麼？」我反問她，「難道這件事會比關燈或拉上窗簾、離開前從外頭鎖門更糟糕嗎？而且，這些事情他都是自己先招認的。」

「就是——哎我不知道，就是沒必要這樣吧，看起來好像是事先計畫好的一樣，城府很深。勞倫斯怎麼說？」

「妳也知道他的，口風一向很緊。」

「我還是不懂，路燈不是在電線杆上頭嗎？怎麼砸呢？丟石頭？還是有其他方法？」

「我們根本不知道他有沒有做這件事。」

「但路燈破了嗎？」

「應該是，我沒有注意看。」

「我記得你說是破了，不然就是檢察官說的，證據呢？他有承認嗎？」

「他在警察面前『顯然』是認了。」

「好，查理，這不是你的問題。」

「他媽的這麼誠實，完全不計後果，就會發生悲慘下場。『我好像有打破燈。』他是這麼告訴警察的，『我不太確定。』當檢察官在法庭裡問他的時候，休伊給了他這個答案，我覺得他真的很誠實，因為他不記得自己究竟有沒有打破路燈。」

「反正，這是陪審團的問題，你自己也很清楚不是嗎？」莉茲貝絲的車子發出了一聲尖鳴，車子停了下來，當時我們正在前往機場的路上，準備要去接莎拉，她突然停車，就是為了對我說這一番話，「你知道我怎麼想的嗎？你不知道答案，檢察官看起來也不知道，勞倫斯現在心情很複雜，你們大家都瘋了，路燈是什麼時候破的？搞不好是兩年前？而且你連路燈究竟有沒有破都不知道，怎麼不找個人搬梯子上去看一下就好？」

當晚，我作了一個驚心動魄的夢，我是個海軍軍校生，我們的船因為被空襲炸彈猛烈炮轟，已經快要沉沒了。我爬上搖搖晃晃的中桅，察看遠方是否有神風特攻隊的飛機來襲，但是卻什麼都沒有看到。船長對我大吼，「我要讓你退訓！」船員們開始在甲板上四處奔跑，而且還跳入海裡，這艘船已經嚴重傾斜，就在它開始下沉的時候，我也跳船了，一個大浪打來，讓我開始下沉，無聲的感覺很詭譎，當我墜入水中的時候，我看到了從船頭跳下而斷腿的船長，我整個人也隨著水流漂過去，接著，開始落雪，陽光露臉化雪，一大片藍色的風信子花海也隨之映現，還有其他綻放濃郁氣味的野花，但我認不出味道。我在山谷裡爬坡，經過了一些墓碑，其中一個是新掘的墳，幾個致哀者站在那裡，有個年輕人轉身對我說，「你來得太晚了。」那個人，是我哥哥湯姆。

我到了小教堂，有個穿著祭衣的男人站在入口處，手裡拿著香爐，「你來告解的嗎？」他問我，「過來吧，休伊已經在等你了。」

我脫下鞋子，怯生生跟在他的後頭，腳下的鋪石路冰冰黏黏的，我的心中充滿了不祥預感，他的香爐不斷搖晃，發出的刺鼻氣味到處飄散，讓我的鼻孔也隨之鼓脹。

我問他，「這是要做什麼？」

「我也不知道……他來了，休伊，教授到了。」

那裡擺了張椅子，還有微弱燭火，果然像是在告解室，我凝望著眼前燭光搖曳的模糊世界。

「我什麼都看不到。」

「我在這。」休伊在隔板後頭，有類似斗篷的暗色東西蓋住他的頭。

我問他，「那是什麼味道？」

「阿摩尼亞。你忘了嗎？醫院裡的味道，你說你想起了媽媽死去的那間房間，你還講了個故事給我聽。」

「我不記得了。」

「不，你明明記得，你媽媽用茶包優惠券買的居家佈置聖經，卻被你偷走。『茶包優惠券』！我從來沒有聽過這種東西，你還告訴我，你把那本書丟入運河裡，但是為你受過的卻是你哥哥，你再也沒有機會坦白說出口了。」

「休伊，我也很想，但那時候我只是個小男孩。」

「不要找藉口，你丟掉書之後，一直心懷罪惡感。」

「這是真的，因為湯姆從來沒有告密。」

「但你還是心懷愧疚，我想你故事只講了一半而已。」

「你這話是什麼意思？」

「我知道還有別的事，但你沒有告訴我。」

「我不知道你在說什麼。」

「我說的是葬禮，你媽媽的葬禮，你告訴我你到的時候已經太晚了，她已經入土了，大家都在哭泣，但只有你沒有。」

「我對天發誓，我站在她的墳墓旁邊，我努力想要哭出來，但就是沒有辦法。」

「胡說八道。你沒有哭，是因為你根本不在那裡。」

「誰說的？」

「你哥哥，他說你背棄了媽媽，你從頭到尾都沒有出現在葬禮現場，因為你無法面對，所以選擇逃避。他人就在那裡，你怎麼不過去自己問他？」

「謊言，」我大叫，「不是這樣！」

我站起來，繞到隔間後頭，甚至連隔屏都拆了下來，但就是沒有人。

我從夢中驚醒時已經全身是汗，坐在床邊繼續冒汗顫抖，又過了好一會兒之後，才終能回到床上，再次入睡。當我又漸入夢鄉，聽到有個聲音對我說：

「夠了，那不過是你小時候做的事情，何苦要折磨自己一輩子？」

是休伊在對我說話？還是我媽媽？

莉茲貝絲在凌晨五點把我叫起來，我心中惴惴不安，很可能是惡夢的遺緒，而且我發現自己時間不多，開往康福德的巴士再一個小時就要出發了。莉茲貝絲已經在前一晚為我準備好三明治，還趁我在穿衣服的時候，在保溫瓶裡加了熱茶，隨即趕緊送我到車站去，巴士離站的時間是早晨六點零五分，我們剛好來得及。

巴士預計抵達康福德的時間，應該是十點多一點。它停了兩站之後，我開始昏昏入睡，在前晚的夢境中，只剩下那個罩著頭套、不斷問我問題的黑暗身影，依然徘徊不去。我在路途中想的是，究竟還剩下多少個證人？應該是六、七個，不包括葛蘭在內，最多是七個，因為我們不確定他是否會接受傳喚到庭。再來就是雙方結辯，法官總結，看起來陪審團的工作得要到星期五才能結束。

巴士提前到達，早了幾分鐘，下車時風雨交加，我叫了計程車到飯店，然後把東西擱在書桌上，直接趕到法院去。有人告訴我現在是十點二十分，我坐在樓下走廊，等著勞倫斯的兒子或祕書、趁休息的空檔時接我上去，我們事前都已經先安排好了。勞倫斯告訴我，那個叫作葛蘭的傢伙，不到十一點是不會現身的，我猜他到的時候，旁邊應該也會有人陪同才是。我坐在門內的某張長椅上，然後又起身活動一下肩膀，紓解搭乘長途巴士造成的肌肉僵硬，我在門廳地板上來回揮動自己的拐杖，走廊上似乎空無一人。又轉了幾個彎之後，我想要找一張靠在階梯附近的長椅，先前我坐過好幾次，但現在才驚覺我搞錯了，根本碰不到椅子。我記得那是雙座位的木椅，而且鉗固在地板上，所以我左移，右移，來回揮動拐杖，依然一無所獲，不知道哪裡伸出了一隻手，引領我向前走。

「謝謝，」我說道，「我可以自己來。」我的手指頭摸到了長椅邊，旋身坐下來，那個幫忙我的人也坐在我旁邊，我們就這麼坐在一起，好幾分鐘都沒有說話，突然有個聲音出現：

「看不到真是太慘了，真慘。」

我沒有回他。他的口氣有股臭味，相當難聞，是酒味。我是很想要起身離開，但還是忍住，我突然想到了，我知道這個對我說話的人是誰，我開始盡可能地在長椅上移動身體，希望離他越遠越好。我心想，他已經到了。我隱約聽到樓上傳來有人講話的聲音，接著是急促下樓的腳步聲，當門廳裡開始鬧哄哄的時候，我也趕快站起來，一定得趕快找到勞倫斯才行。此時突然有人撞到我，我前一分鐘還站得好好的，下一分鐘拐杖卻飛了出去，害我整個人撲倒在地。

我聽到有人尖叫，「是他，是他！」

「冷靜，冷靜下來。」

「不要讓克里斯蒂娜看到他，她會殺了那禽獸！」

「把他帶離這裡！」

隨即是一場混戰，我努力想以膝撐地站起來，有人拉了我一把。

「契斯，你沒事吧？」是勞倫斯。

「當然沒問題，我的拐杖呢？」

「你在流血。」

「別這麼大驚小怪。」勞倫斯站在我旁邊，拿了個軟軟的東西輕拍著我的下巴，「只是擦傷而已，我的拐杖呢？」

「在這裡。」

「謝謝。」我摸了摸下巴，摺收拐杖之後又再次打開，以確定它沒有受損。吵鬧聲似乎漸行漸遠。我開口問勞倫斯，「葛蘭對不對？還有休伊的爸爸在發飆！」

「沒事，他現在離開了。」

我說，「勞倫斯，都被你搞砸了，你應該要在這裡才對。」

「契斯，我在法庭裡！」

「好，不應該出這種事的，我不是早就告訴你要把他們分開？不然一定會出事？你忘了嗎？」

審訊繼續進行，現在站在證人席裡的是一名女子。勞倫斯給了她一張照片，隨即開口問她：

「曼格女士，請妳仔細看這張照片，然後告訴我唐斯頓先生是否在這個班級就讀，這張照片攝於一九八〇年，他當時是七歲。」

「好久以前的事了。」

「請您仔細看，慢慢來。」

「沒看到，哦，有了，他在第二排。」

「妳怎麼知道那個是他？」

「他的笑容。」

「經常可以看到他面露微笑？」

「我覺得是淘氣的笑。活潑愛講話的小男孩，咧嘴露牙大笑，我怎麼會忘記。」我聽到「活潑愛講話」這個關鍵字詞又出現了，我想起這位老師的聲音，就是她將成績單交給了我。

「謝謝妳，曼格女士。」

檢察官沒有問題需要提問。

接著是一陣中斷，我聽到勞倫斯對著法官或書記官說了些話，然後砰一聲，大門轟然開啟，另外一名證人入庭，宣誓入席，我聽到法官下令，禁止洩漏這名證人的姓名，後來更進一步發佈臨時命令，其「對被告所做出的任何行為」均不得洩漏。

我第一次清楚知道勞倫斯原來在私底下運作了這麼多事，對於等一下要發生的事，我有種不祥預感，全身血液急速奔流，是不是惡兆？我想，休伊和我一樣，對此一無所知。整間法庭此時變得異常安靜，我將椅子微微後傾，聽到休伊的呼吸變得非常急促。在這整場的審判當中，我希望能夠「描繪」出事件的全貌，我的眼前有兩個銀幕，也就是兩幅地圖：其中一個地圖是法官下方角落的證人席，另外一個是在我正後方的休伊、總以九十度的角度面對著證人席，但是他現在改變姿勢，不知為何，挪動了身體。

「……所以這一切都發生在你停在郊外的拖車裡，」勞倫斯開始發問，「那時候唐斯頓先生是七、八歲？」

「我想是吧。」我記得這個聲音，就是剛才在門廳的那個人。

「你做出這些行為，唐斯頓先生的父母並不知情？」

「我想是吧，對。」

我記得休伊說過這個施暴者的模樣，高高瘦瘦，留鬍子，他的聲音聽起來無精打采，但還可以聽得到，他回答的次數越來越多，讓人更能掌握他獨特的聲質，我也聽得越來越清楚了。

「你把他壓到床上去？」

「差不多是那樣。」

「把他綁起來，逼他為你口交？」

「他怎麼說就怎麼算吧。」

「康斯塔伯先生，他的確是這麼說的，他還說，他在你手中飽受折磨，而且你還曾經威脅他，如果膽敢向任何人透露半個字，他的下場會更加淒慘，你是不是有出言威脅過他？」

「是，我的確這麼說過。」

一陣陣微風飄過我的頭頂，髮絲也跟著微動，那是休伊的急促呼吸聲，宛如一隻被壓下頭的猛獸想要大口呼吸，彷彿他無法正視自己的施虐者。我自己的呼吸越來越快，然後，我又聽到法庭後頭有椅子在挪動的聲音；一度也因而轉移了注意力，不知道是不是休伊的爸爸想要站起來，所以開始移步，他是不是也難以忍受下去了？

「……你的第一個動作是什麼？對方是個小男孩，你跟他兩人共處一室，你把他壓到床上？然後做了什麼？」

「我想，把手伸到他的腿上。」

「大腿嗎？是，你有對他微笑嗎？謝謝。康斯塔伯先生，您有多高？」

「六英尺高。」

「你有留鬍子，以前你也是留這樣的鬍子嗎？」

「以前的比較亂。」

「好，所以你今天早上準備到法院來之前，已經先刮了鬍子。現在請你拿下眼鏡，謝謝，暫時先不要戴上去，現在請你看一下這照片……以前有看過嗎？」

「沒有。」

「這是受害者，也就是死者的照片，是生前所拍攝。你覺得這個人和你自己十四年前的模樣，是否有相似之處？」

「可能吧。」

「你說的『可能吧』是什麼意思？」

安靜無聲，這次中斷了好久。

「請拿下你的眼鏡。」

又是一陣沉默。

這安靜的片刻該如何形容是好？令人興奮的顫慄時刻，我在等待，陪審團也在等待，每一個人，都在屏息等待。

「我同意你的看法，對，是長得有點像我。」

我聽到勞倫斯在嚥口水。

「謝謝。」他回道。

又過了一會兒之後，他繼續問道，「那這張照片呢？在此提醒陪審團，此為證物編號第十三號。」

勞倫斯隨即又向法官解釋，「這張照片所拍攝的是死者小屋的內部陳設。康斯塔伯先生，你覺得是不是有點像——法官閣下，我盡量還是讓證人自己開口說話，有沒有哪裡像——」

「律師的意思是拖車。」法官插了話。

啊，真是太感謝了！我幾乎要失聲叫了出來，好一位睿智自持的法官！

證人回答，「對，看起來和我拖車裡面是有點像。」

勞倫斯沒說話，我緊咬著下唇，我相信他一定還會說些什麼。最後，他以極低的聲量開口，「不，請留步，檢方可能還有反詰問。」

「我沒有問題。」檢察官回道。

「你可以下去了。」法官宣佈證人可以離席了，就在此時，有人發出了尖叫。

❖

據說，後來那個「彷彿是邪魔嘶吼」的尖叫聲，響徹了整間法庭，但我不記得有什麼尖叫，證人席後方有個旋轉門，只要證人進出都會發出聲響，當葛蘭進來的時候，我的確有聽到砰的那麼一聲，但是我沒有聽到他離開時的聲音。不知道基於什麼理由，他雖然是從旋轉門走進來，但是卻決定要穿越法庭走出去，其實我不知道。我記得我後頭那個人的呼吸已經暫止不動，我只聽到低沉的咆哮，隨即又轉化為喉音，刺耳尖銳，彷彿像是指甲在刮玻璃板的聲音，再來是跑動的腳步聲，然後是一陣扭打。

我聽到法官在講話，「休伊，住手，你不是七歲小孩了。」

一切在數秒之內結束，如此而已。

現在的我，已經明白當時所發生的狀況。證人離開之後走出去，經過被告席，休伊抬頭看到當年的施暴者，立刻向前撲過去，打算要翻過欄杆，要不是旁邊的兩名法警制止他，他的確是大有機會。官方文件是這麼記載的。「證人離席時，庭內出現唐突行為」，不過，第二天報紙的標題卻極為曖昧：「殺人犯撲向性侵兇嫌」。

當晚，我躺在飯店床上，回想當天所發生的事件，企圖要套用某種模式。毫無疑問，有了葛蘭這個證人，勞倫斯順利得分，這個人已經坦承一切，就連勞倫斯給他看照片的時候，他也承認兩人有相像之處，實在是太不可思議了，當勞倫斯說出謝謝這兩個字的時候，我可以感覺到他的聲音幾乎是哽住、快講不出話來了。

我想，勞倫斯自己事後一定也很意外，這傢伙居然善盡證人之責，想不到這麼卑鄙下流的人甘冒被判重刑的風險、居然願意說出過往，這簡直是某種寬大為懷的高尚行為了，不過，在勞倫斯接觸這個人之前，似乎只覺得這傢伙卑鄙又變態。

「但你究竟是怎麼說服他的？」這是我最想問勞倫斯的問題，「『怎麼』把他弄來這裡的？」

「我看了警方的訊問錄影帶，可信度很高，所以我到了拘留所，直接把話講明了，我不知道自己做得對不對，也不知道這算不算什麼光榮的事，反正我橫豎就是做了。『你現在是我們的證人。』我這麼告訴他，還說如果他願意在法庭裡重複他在錄影帶裡頭講的話，等到他的案子要進行判決的時候，我會建議唐斯頓先生，將不會提出被害人身心影響報告或正式控告，這就是我們的協商內容。」

我不知道勞倫斯有沒有告訴警察他對葛蘭所說的這些話，道德問題不是我關切的重點，我憂心的是休伊的反應——那猛力一撲的本能行為，充滿暴力與被壓抑的忿恨，一定讓大家都嚇了一大跳，當然，法官除外。

法官？「休伊，住手，你不是七歲小孩了。」顯然他早已了然於胸。

那些陪審團成員呢？他們又怎麼看？我努力躺在床上想要入睡，但卻依然輾轉難眠，揮不去腦中浮現的那句話：另一個法官所說的話，第一次審判時，他曾經告訴陪審團，休伊被壓抑的情緒，力道猛烈，「但即便在法庭裡，也依然深藏心中。」這番話彷彿預言成真。

我冒了滿頭大汗，最後終於在凌晨時分入睡，這個問題依然無解。

22

這個問題又繼續困擾了我兩天，路燈問題也是，到了週四，也就是倒數第二天，我在早晨休庭時硬是攔住勞倫斯，問他路燈的事究竟如何？他有沒有著手調查？「哦，的確是壞了。」他告訴我，他已經派一名電工爬上去看過了。

「但你怎麼知道是什麼時候壞的？」

「我不用擔心這種事吧。」他的語氣很傲慢。

但我真的很焦慮，勞倫斯這幾天的態度的確讓我十分擔心。週四庭審結束的時候，檢方的醫學專家過來找我，先作了自我介紹，然後他告訴我：「我認為你的判斷很正確。」他的意思指的是我們的診斷結果，創傷後壓力症候群。這位人士是檢方的沉默證人，也就是勞倫斯一直懷疑是拿來嚇唬他的暗樁，那位澳洲籍的心理學家，這番不經意的話，讓我很是開心，不過，當我轉告勞倫斯這件事情的時候，他卻勃然大怒，他說，「難怪他之前都不說話！他應該要跟我們站在同一邊才是！」

這是其中一件事。還有，這幾天我一直纏著勞倫斯，讓我要和休伊說說話。他自己一直在休伊的家人之間來回奔走，只要有機會就一定去探視休伊，和他聊天，鼓勵他要好好上樹木栽植的電腦課程，「等到你出獄的那一天」，可以好好發揮所學。我覺得他這種樂觀主義是有問題的，而且還可能會造成傷害。有一次，我真的成功說服他，讓我去監獄裡探視休伊（也就是倒數第二天），我發現他整個人懨懨的，好可憐。

「我在想，早知道就不要告訴你。」他開口對我說。

「怎麼說這種傻話。」

「我惹出了這些麻煩，不該講出來的。」

我告訴他，不要再講這種話，不然我就要發脾氣了，「好啦，休伊，你應該要笑一笑才是。」

他沉默不語，敲擊著指節，我猜，他某隻眼睛上方的神經性痙攣，一定又出現了。他突然對我說，「我從小到大都被教導要講實話，都是他的錯。」誰的錯？我不知道休伊說的是誰。

「字典裡最孤單的一個字，」休伊說，「誠實。」

❖

檢方結辯在週四早上，我很抱歉，我必須承認自己心不在焉，說「心不在焉」還算是客氣了。事情是這樣的，檢察官起身要進行結辯，他提到休伊的時候，刻意避稱「被告」或「唐斯頓先生」，反而喊他「這位年輕人」。我非常生氣，就從那一刻開始，我開始下意識地封閉自己，腦袋裡突然出現了某種空白狀態，這實在是我的疏忽。這和我之前有一次接受女兒莎拉招待生日晚宴時的情況，可說是別無二致（也許這只有失明者才能夠區辨不同之處），餐廳服務生根本不對我說話，他什麼都只問莎拉，我整個人跟空氣一樣，但依然逆來順受，全都透過女兒與他溝通。當晚我非常疏離，就像現在我在法庭裡的狀況一樣。我無精打采，檢察官對陪審團所講述的內容，我根本沒在聽，更奇怪的是，午餐過後輪到被告方結辯、勞倫斯起身講話的時候，我發現自己依然無法專注聆聽，我的態度極其冷淡——我對他的主張知之甚詳——居然差點錯過了勞倫斯的逆轉時刻，他開始提到路燈。

「檢方一再強調我的當事人有所謂的『藏屍手段』，主張此一犯行早有計畫。因為唐斯頓先生故意打破屋外的路燈、以便隱匿他的行蹤。不過，證據在哪裡？警察說他們已經詳細搜查過屋內與周邊區域，小心翼翼，連枝微末節也不放過，各位認為，要是路燈真的破損的話，警方會沒有察覺嗎？而且我們依然沒有看到燈破的證據。」

我心想，對，真的啊。如此精微的謊言不算是謊言，而且也毫無反駁的餘地（勞倫斯事後告訴我，警察的確是疏忽了），我也差點忘了，陪審團有可能沒注意到這一點。

我在正反方結辯時都陷入恍惚狀態，所以我也無法在此重述內容。不過，我得承認，勞倫斯的開場，確實令我驚嘆，一開口，他的語氣明快，「是誰在這裡接受審判？」他突然話鋒一轉，瞬間跳到兩千五百年前、也就是西元前四百五十八年的奧瑞斯提斯審判，他殺死了自己的母親，因為母親謀害了他的父親。我知道為什麼勞倫斯要提起這個案例，埃斯庫羅斯的作品，「奧瑞斯提斯」，是人類史上最早出現的法庭劇，勞倫斯希望將休伊比擬為奧瑞斯提斯，他最後終被釋放，但並非是因為他清白無罪，而是因為罪不至罰。我覺得勞倫斯在冒險，很大的風險，以這種方式挑戰陪審團的思維，但也許他想要打動法官也不一定，誰知道？

當晚，我躺在床上準備入眠，不斷告訴自己，明天法官就要做出總結，明天法官就要做出總結，他會選擇哪一邊？說法官公正不倚，其實是個迷思，不妨想想英國普羅夫莫案件在進行調查的時候，丹寧法官是怎麼對待高級淫媒史蒂芬．華德；或是他針對陪審團講出種族歧視言辭、讓他因而黯然離開法官職位。當代的詩人克里斯多夫．席爾克，也是一位法律教授，他曾經寫下這樣的字句，大多數的法官被擢升到高等法院的時候，都多少帶著感情的包袱。

我希望可以具體形容休伊待在囚室的模樣，但心中想到的卻是自己以前看過的某個中世紀木刻品，一個重刑犯在處決的前一天晚上、所吃的最後一餐：被壓死的甲蟲和蜘蛛的內臟，顯然我現在的感性已經超越了理性，但我一直告訴自己，怎麼能叫我不感性？因為這次的審判別具意義，不只是一次單純的判決而已，我想到了卡夫卡小說《審判》裡神父講的話：

「你誤解了案件的本質，判決並非一蹴可幾，它是在審理過程中、點滴累積而成。」

我心情極糟，隨即陷入熟睡，週五清晨醒來時，已然思慮清明。

「諸位的工作其實相當簡單，」到現在為止，法官已經花了將近一個小時、向陪審團進行結案陳述，我聽到他說出這句話，「各位必須做出決定，您面前的這個年輕人是否如檢方宣稱，犯了謀殺罪。抑或是如被告方所堅持的激憤殺人？不過，有件事要提醒各位，」法官的態度聽起來近乎是相當輕鬆，「就算各位認定被告行為失控，也不得免除被告的激憤殺人罪行，我們在法律上無法接受。」

就算——這兩個字也未免太隨便了，意思呼之欲出，彷彿他想要立刻排除我們以創傷後壓力症候群做出的答辯。

「反過來看，」他繼續說，「諸位也必須要找出定罪的理由，他的確蓄意殺人……」

我還是很難讀出法官的心思，他聽起來依然相當公正，不過，有一次他在審理過程中、提到被告的時候，居然不小心直接喊他休伊。在審理過程中，這位法官幾乎很少說話或是打斷別人，實在相當罕見。我現在八十多歲，一直認為刑事案件法官已有成見，雖然這個觀察未盡公平，但可能也離事實不遠。我記得曾經看過某個法官是這麼審理案件——被告企圖嚇阻入侵者，手段激烈，他將對方五花大綁，還拿出乾草叉，把那個人嚇得臉色慘白——而這位法官越俎代庖，直接當起檢察官的角色，多少也影響了檢方辦案。不過，我們的這位法官卻一點也不專橫，和其他法官完全不一樣。

我們有法律，當然，也有正義，但兩者不可混為一談，好的法律未必能保證實現正義；同樣的，正義得以伸張，可能是源於惡法，這兩者未必一致，但如果法律與正義「雙雙」與你作對——讓你陷於危殆之中呢？休伊第一次的審判，就是這個狀況，法官對法律的詮釋或是定義出了問題，同時法官也並非站在被告這一方。現在，是第二回合，被告依然岌岌可危，勞倫斯的這個案子，對法律界來說是個陌生的範圍，不過，他依然提出了相關主張，創傷、創傷後壓力症候群、情境再現，還有，法律對於激憤殺人的理論依然未臻完整，其實，這理論等於是不存在的，法律，或是其所不足之處，都對休伊不利，所以，要看法官了。

我猜他是一個戴眼鏡的人，屆齡退休；眼鏡配了條鏡鏈，掛在脖子上，家居時穿著羊毛衫，摘豆莢煮晚餐，再猜下去，他應該有一頭短髮，連耳側也剃得整整齊齊，他也是跟得上潮流的那種人，願意讓證人們一邊緊盯著筆電，一邊交換最新下載的電玩遊戲情報（我必須說，休伊的審判，是最早允許把筆電帶入刑事法庭的案子之一）。

「他的確蓄意殺人，而且也坦承不諱，」法官繼續說，「但是——」這個「但是——」突然讓我豎起耳朵。

又過了幾分鐘之後：

「各位，審判過程中已經多次討論到藏屍的手段，被告在犯罪現場所做的連續故意行為，尤其各位也知道檢方堅持路燈是唐斯頓先生所故意破壞，但是——」

又來了，好一個法庭專用的「但是」，意猶未盡的前置詞，收尾時的貪婪餓蟲，在法官的總結內容裡，很可能還會有更多這樣的餓蟲與限定詞出現，「但是」、「如果」、「然而」、「儘管」、「可能」、「另一方面看來」、「也許」等字詞不勝其數，恐怕比加拿大的芥末子或是孔雀尾巴上的顏色還多。我開始仔細聆聽，他的語氣持重，用字精闢，我希望聽出些蛛絲馬跡，我的毛髮直豎，宛如等待通電的鎢絲，但又過了一個小時，法庭內的氣氛仍然沒有改變，我想我應該是搞錯了。

根據官方紀錄，法官的總結一共花了三小時又十分鐘，早晨完全沒有任何休息時間，等到陪審團起身的時候，剛好還來得及吃一頓晚午餐。所以，那件事發生的時候，想必是原本預定休息的晨茶時間，休伊放了個響屁，我在法官講出口的一大堆法律用詞裡、清楚聽到了「同情」這個字，我的身體又前傾了一點。

「對不起。」我聽到背後的被告席傳出這句話，這是休伊的習慣，放了屁之後還會說聲對不起。我在椅子上拚命前傾，隨即又側身，伸長脖子想要把法官的話聽得更清楚一點。

「諸位如果還記得的話，在這禮拜稍早的時候，我曾經直呼過被告的名字，」咳嗽聲，他在清喉嚨，法官是否停下來喝水？「我那時候其實應該稱他為『被告』或是『唐斯頓先生』。這是我的疏失，我叫他『休伊』，請各位不要理會這件事，如果各位認為我在那個時候、或是其他時刻，曾經顯露出對於被告的同情或偏袒，敬請各位無須理會。直接稱呼其名，可能讓我流露出某種友善或慈愛的態度，請諸位不必多加揣測。」

好，我等的就是這一刻。

或者，真是如此嗎？法官終於宣佈，請陪審團開始進行商議，勞倫斯似乎很懷疑法官的態度，但我卻這樣告訴他，「好吧，『不要理會我所說的話，不須多加揣測』，這不等於是越描越黑嗎？你說是不是？」

勞倫斯正在收拾文件，我聽到他正在和某人講話，那個時候是十二點十五分。

「契斯，我倒是不抱什麼希望。要不要過來事務所，跟我一起吃點東西？」

「不了。」我告訴他我可能想留在法庭裡等一下，我私心希望，他們應該至多二十分鐘就會回來。我皺起鼻子，一陣猛聞，我問勞倫斯，「你是不是在嚼甘草？」

「對啊，來一點吧。」他把一小塊放到我的掌心，勞倫斯有時候會把甘草藏在律師袍裡，必要的時候就慢慢啃，他似乎很緊張。

「抱歉，等我一下，我要和休伊的家人說話。」勞倫斯另有要務，所以我坐下來等他，他回來之後告訴我，「我已經跟他們說了，如果判決結果沒有在一個半小時之內出來的話，那就還有得等。喝點東西吧？契斯？」他的文件已經都收拾好了，我們過街找地方坐下來喝飲料。等到我們回去的時候，我在走廊等他，他溜去法院留置室，看看休伊是不是還在那裡，不過，他已經還押了。

一個小時之後，我回到飯店，打電話給莉茲貝絲。我們聊了一會兒之後，她問我感覺如何。我說，等待，讓人很煎熬，我還說勞倫斯給了我一支手機，所以等到陪審團回來的時候，他會打電話給我。

「再來你要幹嘛？如果你現在上床睡覺，就沒人叫得醒你了。」我們又繼續聊，她說，「你應該出去走走才是，怎麼不來一趟『白金漢宮』之遊？」

我恭敬不如從命，吃過晚午餐之後，我從飯店叫計程車到了邊郊，繁忙的街道越來越遠，迎向我的是馬路與開闊的農田；我還記得某個路口，所以請司機讓我忙那裡下車。四十年前，我曾經在那地方見過一個綽號叫「壯哥」的男人，他的受洗名為以撒，那是我到紐西蘭擔任保釋官的早期任務之一；我開始往城內的方向移動，觸摸著我曾經熟悉、但已經不記得的街道，我想像自己在前世的白金漢宮裡散步，到處問人方向。莉茲貝絲曾經與我回倫敦與家人團聚過，我們結婚五年之後，才短短三年，我就正式成了失明人，徘徊在人生的十字路口。我已經不抱任何能夠重見光明的希望；當我作惡夢驚醒時，我也已經絕望透頂，我知道我不可能再看到任何東西了；我得超越妄想，觸達內心世界，尋索某種內在的力量，抓住重心，讓生活再次變得充滿意義，然而事實上我卻是一無所措，我擱淺在二度象限的某個地方，我不敢一個人出門，我也沒有勇氣獨自走在陌生街道。

「我們在哪裡？」我記得當莉茲貝絲帶我要穿過格羅夫諾廣場的時候，我曾經緊張兮兮問她，等我們轉到白金漢宮路的時候，「距離大門還有多遠？看得到嗎？」在當時那個階段，我依然需要目的地，需要的是不心慌、不亂晃拐杖也能到達的安全地帶，只要能讓我活下去就好。不過，現在當我在這想像中的白金漢宮裡、信步走回去的時候，我的腦海裡也出現了新的思維與座標線，飽滿的好奇心再度上身，當我摸索著早已忘卻的康福德街道、走回市中心的時候，這股強烈的求知慾已滿溢我身，我問路人，「我現在人在哪裡？」還有，「距離法院還有多久？看得到建築物了嗎？」

一陣颯爽北風吹來；下起大雨了，我必須一直找地方避雨：河邊巨柳的枝葉響動，終於能讓我暫歇片刻，我過橋，到了法院總區，勞倫斯還沒打電話給我，而當我到了法庭的時候，裡面空無一人。

我回到飯店房間的時候，電話剛好響起。

「他們回來了？」我趕緊問，「是不是回來了？」

「沒有，他們回來是為了提問，就這樣而已。不太妙，契斯。」

「是什麼問題？我不要聽，一定是那該死的路燈。」

「對。」

我心想，豈止是不妙而已，簡直是毀了。

「沒別的事了，記得吃晚餐。」勞倫斯說完就掛上電話，那時候是六點半，我去沖了個澡，回到房間時什麼也沒穿，腳跟摩擦著地毯，用毛巾將身體擦乾。但我去用餐的時候，依然急得滿頭大汗。

陪審團回來的時間是晚上九點十五分。

幾乎可說是毫無預警，勞倫斯在九點過後沒多久來找我，我剛吃完晚餐，正在桌邊享用咖啡加威士忌補充元氣，就聽到他喊我名字。方才陪審團進入這裡喝茶休息的時候，我居然錯過了，有個名叫亞伯特的服務生告訴我，他們大約是在五點半左右、魚貫進入餐廳，又一起離開。

「他們看起來如何？」我問他。

「很餓，其中有一個人在看書。」

「是，我是問他們的心情，大家心情看起來如何？」

「很吵，應該有點爭執，我猜啦，女士們在哭，不應該這樣。」我在心底告訴自己，這多少透露了端倪，但亞伯特又打斷我，「還有個人在放聲大哭，一個胖女人，眼睛又紅又腫。」

「肅靜，全體起立……！」

法庭的儀式可能會演變得更加精簡，法袍也不會一成不變，但是等待陪審團回來宣佈判決時的竊竊私語與隨後而來的肅靜噓聲，自伊莉莎白一世以來卻如出一轍。

「請陪審團團長起立——」

等到我們到達法庭的時候，裡面已經多準備了一些椅子，勞倫斯很好心，靈巧帶我穿過法庭裡的人群，請我坐在他的旁邊。勞倫斯之前也和我提到了他對陪審團的觀察，其中有一名陪審團成員已經和他有過目光交流，因為只要他或史派羅得點成功的時候，他就會猛力點點頭（結果也正是這名陪審團成員在餐廳裡看書）。後來，在法官進行長達三小時的總結時，勞倫斯本來很有自信，但他發現這名陪審員已經不想再看著他，而且整個過程都面色鐵青，勞倫斯也心生猶疑，「不知道他是站在我們這邊？還是站在另外一邊？」

我聽到被告席的門打開了，休伊被法警帶進來，法官回座，我盡量按捺煩躁，讓自己的雙手安分一點。我曾經聽過這個說法，就算是經驗老到的律師，也很難忍受聆判的等待——從做出判決到送達判決的時間通常只有二十或三十分鐘——但是他們卻彷彿已經等了好幾個小時，而且全身汗溼。不過，勞倫斯不是這種角色，我想，他也不會在被告被帶進來的時候、注意陪審團的目光究竟在哪裡——根據經驗法則，如果陪審團的目光飄向被告席、宛如在確定被告其實並非審判之初的那個殘暴之徒，那麼判決很可能對被告有利。不，勞倫斯只是在等，看著某個人。現在，陪審團魚貫回到法庭，在團長還沒有起立宣讀結果之前，勞倫斯已經在桌下抓著我的小指，而且還捏得緊緊的，出於直覺，我知道他等於在向我點頭示意，他又捏了一次，但這次不一樣，很清楚，意義深長的點頭，我們贏了，而我聽到判決時，已經哽咽得說不出話來。

勞倫斯依然死掐著我的小指不放，「尤里卡，尤里卡！」我好像聽到他在吶喊，不過，其實他喊的是「太好了，太好了！」正如同作家塞繆爾．巴特勒俯瞰紐西蘭的南阿爾卑斯山脈時，第一次看到他心目中的烏托邦「艾瑞洪」。

熱淚從我的臉頰滑落下來，我得出去才行，一個感情潰堤的證人實在不太好看，我聽到法官說這句話——「年輕人，希望日後不再相見。」這不合邏輯，彷彿休伊可以恢復自由之身走出法庭大門（他還是得因為刑責較輕的激憤殺人而重新判刑），法官謝過陪審團，他們也功成身退，我離開法庭的時候，旁邊充滿著模糊的噪音，我覺得好像旁邊有一群人，火光正映照在他們的臉上，似乎在進行著如祈雨般的活動。我後來才知道，休伊的家人全圍了上來，這一家人從頭到尾都坐在後頭的某一區，休伊的爸爸繫了條起毛球的領帶，把自己的帽子拿在手上，媽媽穿著針織衫，梳了髮髻，這兩個人出入法庭很低調，宛如影子一般，不希望驚動別人，或者，不希望讓人發現自己的憤怒。勞倫斯幾乎每個空檔都會溜到後頭，休伊的爸爸雖然低調，但一定會現身和他說個三十秒的話。現在，所有的阿姨、表兄弟姊妹、外甥女和外甥都擠到欄杆旁，想要擁抱欄杆裡的那個人，他們跳上跳下，彷彿像是小動物一樣激動吼叫。

外頭又開始下雨，我站在法庭外的階梯上，感受夜晚的溼氣。勞倫斯正在和記者們發表談話，我們互道晚安，打算明天早上再一起開會。從旁駛過的車輛濺起水花，街頭的夜氣漸漸籠罩過來，當我步下階梯的時候，我發現有人在碰我的手肘，有個溼漉漉的東西放進了我的手掌，像是爪子，有隻溼溼的小手抓著我的手，他的手先彎成弓狀，然後又把手指伸進我的手裡，我知道是誰會這麼握住我的手，是休伊的爸爸。我們站在雨中，手牽著手，我依然記得道別時的情景，他看著我的身影沒入夜色，眼神灼灼發亮。

十五年之後，我依然記憶猶新，現在我坐在電腦前，我想一定是因為發生了某些事情，才能讓一個人顯得如此醒目光亮，就像是我一樣，也因為某些事，讓我這些年來依然清楚記得他伸手的那一握，那感覺，我依然記得一清二楚，如同詩人所言：

啊，我曾握過王公貴族、達官顯要、美麗仕女的手，
但從來沒有人能勾動我內心的感恩與救贖，
也從來不曾產生如此令人悸動的親密感。

結語

後來，我接到一封陌生來信，寄件者是某位住在安特衛普的女子，她看到我為荷蘭期刊《今日心理學》所寫的文章，她說，她是當年休伊第二次審判時的陪審團團員之一，她的信尾寫道，「我從沒打算饒了這傢伙，但是其他人一直在勸我，我還是覺得他在撒謊，如果我有辦法的話，一定會絞死這禽獸。」

她的話讓我想到了托爾金的例子，當他完成了《魔戒》這部暢銷巨著之後，接到了一封粗魯的讀者來信，信中表達了對佛羅多的強烈不滿，他是叛徒，應該處死才對。「相信我，」托爾金在給朋友的信中寫道，「一直等到我看到這封信之後，我才知道這種情形具有何其強烈的『話題性』。」當我開始準備撰寫休伊的故事之際，黑暗時代對邪教儀式的恐懼與獵巫行動可能會在我有生之年死灰復燃，描繪一起棘手的虐童事件，不知道它是否也具有某種普世性。當然，休伊的案子有個令人開心的結果，絕非常態，這根本是違逆潮流的特例，我們一開始都認為他的記憶是虛構的，但事實並非如此。不過，我們法庭中的老舊思維仍然陰魂不散，雖然我們現在不會把巫人綁到木樁上燒死，或是以謀殺罪起訴魔鬼的邪物或是如乾草堆、推進器之類的無生命物體，但我們的心底依然會想要篡奪法官的職權，寧願把如休伊．唐斯頓一樣的誠實之人、送入行刑隊的手中。

我不知道這個從安特衛普寫信給我的女人，是否就是亞伯特說的那個哭得傷心的女子，那些有強烈懲罰欲望的人，依然讓我無法信任。

休伊在兩三個月後被放了出來，雖然殺人罪刑可免，但也要等到激憤殺人刑滿之後才能獲釋，我知道他後來成家，有了兩個小孩，還有，對，和他爸爸在鄉下某個地方開了間小店，經營植物培栽，至少，這是我最後一次從勞倫斯那裡聽來的消息。

最近我倒是沒有聽到勞倫斯的消息，他贏了這個案子，也建立了重要的法律判例，我知道有許多法學院都開始以這案子作為教材，勞倫斯後來不死心，繼續上訴，他想證明休伊是因為不由自主才犯行，應該無罪開釋，但這個上訴案卻失敗了，我個人認為，上訴人自己也不希望做到這種地步。勞倫斯後來寫信給我，他說他本想再繼續上訴樞密院，針對「當事人作出無法自我控制之行為，是否必須承擔刑事責任」爭取到最後裁定，不過他的律師生涯卻發生大轉彎，他犯了大錯，出馬競選康福德的市長，不但選上了，而且還繼續連任，現在他積極參與全球市長和平聯盟的活動，經常在全世界各地四處奔走。

莉茲貝絲與我的生活如往常一般，我上個月剛慶祝完我八十二歲的生日，拿到了新護照，還參加了在台灣舉行的災民創傷研討會，莉茲貝絲依然在做義工，而我也竭盡所能、為這個世界的不幸貢獻一己之力。

大體來說，一切都變得很圓滿，有句格言是這麼說的：大家可以原諒你的一切，但對於你曾經對他們做過的事卻難以釋懷。這句話可能是真的，但莉茲貝絲卻覺得不適用在休伊爸爸身上，她是這麼說的，「他把這小孩送交警方，放棄了他，多麼可怕的事。但他後來覺得羞愧，與家人攜手一起營救休伊，他從來沒有對這男孩放棄希望。」

勞倫斯曾經寫信告訴我，「他那張臉，成為我心目中的一股原動力，對種族與貧窮的歧視，是多麼令人憎惡的事。」這是不是在哪裡曾經出現過的寓言？真希望我能想起語出何方。

當然，休伊爸爸的感激溢於言表，但至於休伊，我就不確定了，別誤會，我的意思是，他總是強調「我惹出的麻煩」這句話，讓我很困惑，一直到現在，我還搞不懂他說誠實是「字典裡最孤單的一個字」，究竟真義為何，也許，這只是他表達懊悔的委婉之辭（委婉可能不是很精確的說法），我不知道康拉德會如何理解這句話。

在本書一開始的時候，我曾經提到約瑟夫．康拉德是銜著金湯匙出身，大錯特錯，當他五歲的時候，他父親展開流亡生涯，所以他也跟著逃到海上，和我的際遇很類似，現在我為什麼又要提到他？我知道，因為當康拉德二十一歲的時候，因為惹禍上身，所以曾經企圖自殺，就和休伊一樣，不知道為什麼，正因為康拉德年輕時也有必須克服的個人問題，讓我覺得自己與休伊更加親近，他們有相同的色澤，橙橘色，具有警示意味的亮橘色。我幾乎可以隨時可以召喚出那顏色，而且不會黯淡消退。如果，我說出自己很想念休伊，希望大家不要覺得我太多愁善感，不過，真的，我很想念他。

有時候，我還會夢到他，不過，我再也不必在他面前提到我母親了，真的，真的是這樣！案子結束之後，關於我媽媽的那些惡夢也完全消失無蹤，說到感激，休伊並沒有欠我一分一毫，反而是我欠他，我得謝謝他，我似乎終於找到了終點，在我母親的房子裡找到了某種救贖。

有時候我會擔心自己掠人之美——率先注意到休伊沮喪問題的護士與心理醫生，還有幾乎從來不曾被提到的某位不知名善心人士，在探監時曾拿出自己車子後頭的食物、分享給休伊的家人，甚至，請容我誇讚不斷回擊勞倫斯的辯論言詞、而且還指揮警方找到當年施暴者的檢察官，他們都是故事裡的英雄，當然，絕對不能漏了勞倫斯。

現在，我得要向讀者告解，休伊在醫院崩潰、告訴我一切的關鍵場景，是否為真，這點就請各位手下留情了。我因為這件事已經失眠了許多個晚上，很擔心因為我編出了休伊沒有說過的話而被告，其實，那些話可能也是真的，只是被囚禁已久、等待被釋放出來而已，但就隱喻的層次看來，說我一手編造也是實情。

一九六七年的時候，我曾經在哈佛大學聽過失明的阿根廷詩人，荷黑·路易斯·波赫士發表演說，他提到柏拉圖其實是個劇作家，他創造出了蘇格拉底，猶有甚者，四位福音書作者也創造了耶穌。所以，你也可以說（請不要告訴上訴法院！），創造了休伊·唐斯頓的那個人，就是我。

創傷迷宮
The Crime of Huey Dunstan

創傷迷宮 / 詹姆斯.麥克奈許作 ; 吳宗璘譯. – 初版. – 臺北市 : 春天出版國際, 2018.11
面； 公分
譯自 : The Crime of Huey Dunstan
ISBN 978-957-9609-97-5(平裝)

887.257 107019181

ISBN 978-957-9609-97-5
Printed in Taiwan

作 者 詹姆斯・麥克奈許
譯 者 吳宗璘
總編輯 莊宜勳
主 編 鍾靈

出版者 春天出版國際文化有限公司
地 址 台北市信義路四段458號3樓
電 話 02-7718-0898
傳 眞 02-7718-2388
E－mail frank.spring@msa.hinet.net
網 址 http://www.bookspring.com.tw
部落格 http://blog.pixnet.net/bookspring
郵政帳號 19705538
戶 名 春天出版國際文化有限公司
法律顧問 蕭顯忠律師事務所
出版日期 二〇一八年十一月初版

定 價 270元

總經銷 楨德圖書事業有限公司
地 址 新北市新店區寶興路45巷6弄6號5樓
電 話 02-8919-3186
傳 眞 02-8914-5524
香港總代理 一代匯集
地 址 九龍旺角塘尾道64號 龍駒企業大廈10 B&D室
電 話 852-2783-8102
傳 眞 852-2396-0050